Vol.01
塵砂追憶
[末日倖存者] The Last Survivor
作者 亞次圓
繪者 Cola

CONTENTS

【前序　第379週】二人

這下，有可能真的會死啊……

我踢起腳邊的石塊，兩邊的視界不斷地拉近又模糊遠去。道路因過多灰燼與水泥風化所組成的塵埃而顯得一片慘白，無從得知曾經的柏油路面，究竟是有什麼人車踏過的足跡。側邊高矮不一的建築大概幾年前就捨棄了外殼，鋼筋怪奇地裸露，一個個都呈現水泥的灰白與鐵鏽的殘痕。

天空的話，嗯，是搭配得無與倫比的黑灰色，久久未散的積雲讓人幾乎忘了那片七年以前，曾是蔚藍的清澈與和諧。周遭三百六十度的世界非黑即白，單調得詭異。可惜我沒時間停下來欣賞這《星際大戰》第一軍團般的配色。

「要死了要死了要死了要死了！」

說巧不巧，三架造型酷似星戰電影裡那些 AT-AT 裝甲走獸的五米高無人機，每架裝載一零五毫米戰車砲與兩挺機關槍，正毫不在乎地踩上僅有八米寬的車道對我窮追不捨。最前面那頭腳踝上卡了幾顆 5.56 子彈，然而那些來自我手中步槍的金屬碎屑，似乎只激起了更多「它」對於我的興趣。位於機械頭部的「眼球」散發憤怒的紅光，直牢牢地盯著我，好像我跟它是世仇一般。

先無視這恐怖的景象，我氣喘吁吁地開啟耳邊的無線電。通訊成功接聽。

「紗兒，妳還沒架好位置嗎？」

「再給我二十五秒。」沒太多情感的年輕嗓音傳來。

「我已經在底下跑了三分鐘了啊！」

「那就努力別死掉。」

我心裡想著：這要求太強硬了吧！

「被九個砲口對著我覺得我什麼時候掛掉都不奇怪哦？」

「亞克死掉的話……我會很困擾的。所以，再給我十五秒。」

小姐，妳在跟我開玩笑吧？

幾分鐘前，我們沒能躲開這些「灰象型」無人機長年隨時開啟的「活體偵測」，關節早已生鏽的它們便結束待機狀態，開始施行消滅「指令」。原本只是簡單的例行偵查，卻演變為不得不應戰的窘況。

我叫紗兒上高處進行狙擊，自己則做為美味的活靶，在城市廢墟上演多對一的追逐戰。雖然這些巨獸年老失修，活動能力差勁……但要逮到一個體型比它們小三倍的生物，似乎相當輕而易舉。

「紗兒！」已經把持不住的我大吼。

「好了！最近七點鐘一架、六點鐘兩架！」

「七點鐘的先放倒！記得唯一的弱點在後腦！」

確認了方位，少女大聲回覆：「──了解！」

我快速滾進殘破的路障後方，地面揚起的白沙染上黑色的外套邊緣。我一個旋身將突擊步槍往後揹、解下腰間棒球大小的金屬球，拔開插銷後往最前面那頭灰象奮力一擲。閃著藍光的金屬球在廢墟中畫出軌跡，抵達巨獸們的正上空並爆出電磁脈衝與干擾煙幕，三架無人機瞬間陷入暫時性的短路。

同一時間，遠處一聲微小的槍響貫穿了最前方可憐無人機紅色外殼的「腦部」。緊接著下一顆狙擊彈呼嘯而過，擊碎了第二架的頭部外殼。

遠方的紗兒傳回戰報：「七點鐘癱瘓、下一個射偏了，抱歉！」

「沒關係，小心被它們注意到！」

這些有搭載ＡＩ的機器人也不是省油的燈，恢復電子迴路後其中一架馬上迴轉戰車砲與機槍，對準兩百公尺外的高樓。從我的角度依稀看見紗兒仍不躲開，想嘗試第三次射擊。

……休想得逞——！

我抓住離我最近的灰象停下的時機，跳出路障並舉起左手瞄準。拇指一扣，強勁的後座力瞬間震盪我的手腕，銀黑色的鉤索咻地從袖口彈出並牢牢釘住後面那架灰象的側肩。機關槍的爆鳴朝我轟來，另一側遠了些的射擊聲則準備向紗兒襲去。

我按下收束鈕，繩索便以驚人的高速拉動身體。子彈一顆顆擦過我的髮際，我以滑壘般的姿勢穿越灰色金屬巨獸的胯下，在一個使勁的拉扯後飛身到另一頭灰象的頭頂。

帶著殺氣的紅色光芒自我的右眼泛出，在眼睛更前方，則是深邃而黑不見底的槍口。

再會了，Drone。

灰象還來不及調整卡彈的戰車砲，我手中的Ｇ36突擊步槍就併發出惡毒的火光，高速的特製穿甲彈被一次打盡，全數灌進了無人機的電子大腦。我在空中翻了一圈，稍微有點不穩地落地。身後的無人機隨著癱瘓而失去動力，龐大的身軀這才在道路正中間倒下。最後一頭灰象試圖繼續攻擊，然而——

『咚！』

沉悶的消音槍聲消散於街道建築間，第三架無人機灑下頭殼的碎片，原本充滿殺戮之氣的紅眼失去了光輝。隨後，步上與同伴相同的後路，化為隨處可見的道路垃圾。

我向遠處的紗兒豎起大拇指，她也緩緩招手回應。

「感謝救援。沒事吧？」我按住通訊的耳麥問道。

「應該沒有大礙。亞克也是，幫我解決了第二架。」

「嘛，這次還挺驚險的呢，畢竟同時有三架在追著我跑。」

一次被那麼多大型殺戮機械緊追不捨，姑且也算是某種難忘的人生經驗吧。

「哈哈，誰叫亞克總是……做這些危險……事……」

「紗兒？怎麼了？」她氣若游絲的語氣不太對勁。

「……」

「紗兒！」

該死，我怎麼又忘記這點了呢？

不安的情緒擠滿我的胸膛，我顧不得收拾這些殘局，頭也不回地朝紗兒所在的高樓奔跑。一階階的樓梯彷若沒有盡頭，當我終於爬上最後一階並用肩膀撞開樓頂的鐵門時，被灰色斗篷包裹的少女正躺在地面，不穩定的呼吸著。

「紗兒！」我又呼喚了一次她的名字，小貓一般的軀體這才慢慢動起來，微微地抬頭看向我。我趕緊跌跌撞撞地上前扶住她脆弱的身體。

「我說妳啊，不是講過當天身體消耗太大要告訴我嗎？」

「我想說……」紗兒故作自信地微笑。「開個幾槍應該不會對體力……造成太大的消耗嘛……」

「唉，當狙擊手在瞄準的時候，很耗費精力的妳自己也知道……」

「因為……亞克死掉的話，我會很困擾的……」

聽到這番回答，我無奈地看著她小小臉龐上的微笑，伸手撥正她因冷汗而略顯凌亂的瀏海，而紗兒也溫柔地回望過來。

「妳啊，還真的是令人放不下呢。另外我可不會那麼輕易死掉的哦。」

畢竟還沒有到「該死去」的時候。

在導正這個世界、讓這片土地上的人類文明重建之前，我不能，也不會死。七年以前是如此。七年之後的現在，或是再七年之後，也都會是如此。

陽光如絲帶般開始透出雲層。我扶起紗兒，從這個樓頂望向一片寂寥而廣闊的都市廢土。

雖然遭遇了一點小插曲，不過今天，也是兩個人一起活下來了。

「回家吧。」

「嗯。」

千絲萬縷的陽光穿透無名的積雲，照在101大樓破損的缺口之上。前方的道路現在，除了單調的頹廢，還多了些黃色的暖意。我扛著兩把沉重的步槍，牽起紗兒的手，兩人一同踏上杳無人煙的灰白大道。

在「末世」之中，人，到底是抱持怎樣的心情追尋「理想」的呢？追尋「文明復甦」這個理想？

現狀下的我並不知道。

就好像一條浸在水中的筆直鐵道，明明看得見彼方的那道光芒，卻窒礙難行、永遠走不到鐵軌收束的盡頭。彼時，還有辦法實現這種大夢嗎？

七年前的我，或許是知道這問題的答案的吧。只是現在的我眼前蒙著一層遮蔽未來的塵砂。

《塵砂追憶》Ep.1 末日倖存者 The Last Survivor

【序章　第0週】最後一天

那天，我體會到了。

什麼叫真正的煉獄。

室外的人群在大街上驚慌逃竄。躲進室內的膽小鬼不是被甩飛到牆上、就是已經成為冰冷大理石地板上的一具死屍。

高樓大廈化為厚重的廢墟、道路綠地被火舌吞噬殆盡。

我蹲在撐不了幾秒的掩體後面，不情願地將這末日之景拉入眼簾。懷著「我該負起人類應盡的責任」這種天真自大的想法，逼迫自己直視眼前的那些「怪物」。

畢竟造成這一切的原凶，不是巨型的自然天災、電影裡幻想的病毒事故、或什麼外星人的入侵。

而是我們所創造的「世界」，反過來襲向脆弱的人類文明。

二〇二〇年開始，人類的科技水準以超乎想像的速度開始蓬勃發展。短短五年，超高速的全球化革命以及AI經濟化，遠遠超出所有專家的預期。雖說滿天飛的車輛或什麼宇宙城市，依舊是停留於科幻作品的妄想設定，不過以過去幾年的趨勢來說，文明程度今非昔比。

然而極端的進化，意味著極端的環境與資源問題。因此在如此紛亂的時代，才有我們SCRA——『特種災變應對局，“Special Catastrophe Respond Agency”』的成立。專門負責國安保衛、威脅預測與災難對應，甚至在戰爭時期擁有跳過上級政府的全民最高決意權。

而身為第一線情報員的我，對於將有可能接踵而至的各種災變當然是瞭若指掌。但是……

「比我想像的還糟糕啊……」

我默默地對著空氣低語，同時讓頭側出掩體一個眼睛的間距，窺探前方的道路。背部傳來一陣刺痛，應該是不久前撞上牆壁所留下的後遺症。但我現在沒心思管那種瑣事。

聯絡不上總部、一路上也不見任何援軍。好不容易幹掉幾架比較輕鬆的對手後，最理想的逃脫路線上卻又出現三架美軍的「銀蠍型」無人機在大肆屠殺。可謂最壞最壞的情況。

『滋……滋滋……滋——』一絲渺茫的希望在我耳邊復活。

我趕緊壓住通訊耳機叫道：「喂？喂！有人嗎？」

『滋……』聲音仍帶著雜訊，不過終於接通，『這……是總……的琴羽，亞克，聽得見嗎？』

「嗯……嗯，聽得見，情況呢？」

『不大妙，我們今天真應該早點開會的。』通話對面彷彿懊惱地搖了搖頭。

「現在不是講這個的時候。聽著，我需要幫忙，我現在被一堆美軍的大鐵塊封死了。」

『瞭解，但先給我一點時間，我必須啟動緊急召集。』

「盡快。」

通訊另一邊的琴羽似乎是點了點頭，接著清了清喉嚨，切換到SCRA公用頻道，以最十萬火急的語氣大喊：

『全局注意！這裡是第一指揮組決議長琴羽，接獲局長下令，立即啟動災變號第0086應對條例，全SCRA人員無論何時何地，全力以條例內容為基準備戰！在總部內的人員，請排除萬難到A2-3區集合！期待各位的奮戰，以上！』

接收到命令的答覆聲紛至沓來，躁動的聲響不絕於耳。我趕緊調回專用的對話通路，以免耳朵被公用頻道的音量塞爆。

語畢，琴與切回與我的通訊：『我只有幾分鐘，給我情報。』

還是一如往常地冷酷呢……

「我的座標正北方，有三架暴走的美軍巡弋式無人機『銀蠍』，要求協助排除。」
『收到，維特正在試著連上那個麻煩的統合系統。這次的情況，跟你所假設的應該相去不遠吧？』
「是啊。」我嘆了口氣並持續監視路況。「誰都不會料到的情況，沒想到真的發生了……ＡＩ無人機暴走事件。」

ＡＩ無人機。

那是搭載了「全球ＡＩ軸心統合系統」之機械的泛稱。在人類於人工智慧領域的重大突破後，成功建構出了各式ＡＩ可以自律判斷行為、又百分之百絕不違背複數指令的巨大系統。直至幾小時前，世界上的ＡＩ皆以「超高效率的『機器』」協助人類的生活，範圍跨越商業、醫學、服務業、娛樂，乃至武力用途。
不過，就像搜尋引擎或影音網站。一旦主機服務器掛點，全球使用者都將受其影響。而軍用武裝無人機的強制服從指令，如果斷線或遭到覆蓋，那後果將不堪設想。
就像我眼前的景象一般。
一陣短暫的停頓後，琴羽打破沉默：
『你覺得，可以嗎？』

可以奪回這一切嗎——這是她簡短問句背後的意思。
說實在如果在這狀態下還妄想能維持人類文明的話……很難。
但是——
「……不是可不可以的問題吧，」我糾正。「現在也只能這麼做了。」
我感受到通訊另一端無需言明的笑意，此時熟悉的同伴「叮」一聲加入通話。
『強制覆蓋完成！亞克，你有二十秒可以穿越那群無人機，拜託你了！』
急迫卻冷靜的男性嗓音傳來，我知道那是我可靠的隊友在幫我解圍。
「維特，感謝！下次請你吃101那家新開的日式料理！」
『隨便啦，你這傢伙先活下來再說！』
聽到這熟悉的敷衍回答，我輕笑一聲，忍著舊傷翻越破舊的路障，同時在原地拋下一顆煙霧彈。原本在大搞破壞的幾架無人機因指令暫時的覆蓋而陷入麻痺，我衝出煙幕，繼續朝著SCRA總部直奔。
『亞克，接下來的情況呢？』
通訊另一邊的背景傳來各種忙碌的噪音，琴羽持續在陷入混亂的總部，同時指揮著兩邊的戰況。
「我前方有兩頭銀蠍外加一架『巨狼型』，不用我說妳看戰術地圖也知道的吧？」
『只是想確認。武器與裝置使用許可已經發下，但千萬別貿然迎擊『巨狼』。雖然我猜……你大概已經開火不只一次了。』

「畢竟當機立斷——才是生存的不二法則啊！」

我拔出腰包裡的全息誘餌，狠狠地砸向十公尺外的樑柱，發出『鏘』大大的一聲。被異質聲響吸引的碩大「巨狼」，以非比尋常的機動力直接撲向展開的全息影像。地面瞬間震了一下，我則以最快的速度繞過被吸引而群聚的鐵塊們，面對昔日美軍機能最高強的無人機，我可不想用區區突擊步槍與之交戰。

大概是觀測到我的行動，維特氣急敗壞地對著麥克風大吼。

『喂喂你那樣太危險了吧，如果它們只偵測活體怎麼辦？』

「總得一試，你也知道我的做法，維特。」我邊跑邊說著。

『就是你這種人害情報員傷亡率變這麼高的啦！』

「那是他們不懂得生存之……」

『亞克，危險！』

琴羽突然的插話，讓我反射性地回頭一瞥。

欸？

下一秒，金屬巨掌直擊我的背部。我如同布偶般被打飛而騰空，不自然壓縮的肺部咳出大量鮮紅的血液。

不等我落下，無息之中追上的「巨狼型」伸出另一支前足，像獵捕小動物一樣再度朝我輕輕一拍。彷彿一整棟大樓下壓的力量將我重重地打向地面，力道強大到我在彈起的瞬間覺得全身的骨骼已然粉碎。

我滾落爆炸而形成的坑洞，狼狽地躺在因地下管道破裂形成的水窪中。支撐不住的維生器官再次吐出一攤鮮血，原本混濁的積水漸漸地染上一層血紅。

『亞克，發生什麼事了？亞克！』

「亞克，你還好吧？難道受傷了嗎？」

『該死，快回答啊！喂！』

『不……不要……亞克，不要啊啊啊！』

耳邊傳來維特緊張的呼喊和琴羽的啜泣聲。我視野模糊，灰白色天空開始下起的細雨，滴上因擦傷而滲血的臉頰。我的意識，也隨著雨水的沖刷而飄遠。

放心，我不會死的……因為……人們還在危險之中啊……

「亞克……亞克！亞克！」

還得去……幫助大家啊，維特、小雪、席奈……

琴羽……

「亞克——！」

世界熄滅了燈火。

【第384週】 細雨

「亞克……亞克……亞克——！」

「哇啊！」

「呀——！」

我從七年前的夢中驚醒，少女因我突然的起身而驚叫一聲。

「啊……抱歉，嚇到妳了嗎？」

「不、並、並不會，是我搖得太大力了。抱歉。」紗兒連忙致歉。

「用不著道歉的啦。」我對她淺淺一笑。

「……亞克，你還好嗎？」

「……」

「又夢到那些東西了？」紗兒面露憂色地問道。

「……是啊，我又夢到了——人們在塵煙中掙扎的醜態。」

我扶著額頭，努力讓這些景象流回意識底層。雖然，再怎麼不去回想，那些回憶依舊會一次又一次地，侵蝕我的腦袋。直到能夠「解脫」的那天到來。

我伸手抓緊胸口，試圖平緩急促的呼吸，上衣因全身的冷汗而貼著身子，顯得有些不適。

電子鐘顯示淩晨三點的亮綠色螢光，映照在被雨打濕的方窗邊緣，隨著雨滴自然的啪答聲，我感覺我的心跳逐漸回穩。在鎖上那惡趣味的回憶前，我最後一次地回想多年前的「那一天」。

「七年了……嗎……」

爆炸，尖叫。恐懼，壓迫。

槍響，碎裂。呼喊，落雨……

壓回底層去吧。

「吶，亞克，不要緊吧？你臉色有點差……」

紗兒仍一臉憂心忡忡的望著我，碧藍的大眼睛彷彿只要我一昏倒就會馬上哭出來一般。

「不要緊了，謝謝擔心。」我振作起來，努力平緩她的不安。「不過啊小姐……如果妳再不起身的話，我可能真的會因氧氣不足而死在這哦。」

紗兒的表情先是轉為疑惑，接著視線慢慢往下看向她所跪坐著的位置。

雖然我們關係已經夠親密了，不過如果有誰大半夜看到一名少女跪坐在我身上，那也實在是有點羞恥。啊，雖然外頭不會有人就是了。

紗兒輕輕地閉上眼睛，深吸了一口氣。然後慢慢地把雙腳移回床旁邊的空位，神色鎮定地正坐在一席白色的床單上。順手把方才因急忙起來而凌亂的銀白長髮往後撥了一下。

就這樣坐在原地不動長達五秒。

接下來她小小的腦袋瓜如同沸騰的茶壺一般冒出熱氣，就算在昏暗之中，通紅的臉頰也顯得格外明顯。紗兒用手摀著雙頰，眼神混亂的游移完完全全出賣了她嬌羞的心情。

（唉，果然還是藏不住啊，笨蛋。）

有時候真的不知道女孩子在想些什麼。

我死魚眼地看著一切的發生。看來，今日是睡不成了。

待會的早餐……弄個炒蛋來安慰她吧。

††

落地窗外的天色依舊烏雲籠罩，濛濛細雨悄悄地潤濕了塵埃飄散的空氣。濕氣瀰漫的城市中，時不時傳來野生動物的輕吼。應該是梅花鹿那一類的吧。

我坐在鬆軟的沙發上，翻閱著《一等玩家》。這是個關於主角在虛擬世界冒險的故事，雖然文藻稱不上華美，但以無聊時的消遣來說娛樂性十足。

紗兒穿著簡便的黑色連身裙，側身靠在冰涼的窗邊，就這樣默默地盯著不斷下落的雨珠。大概也沒特別在想什麼心事吧，這樣的雨天之景或許就是她的樂趣所在。純粹地發呆，純粹地看著細雨散落。

外頭的雨自顧自地下著。為了節省電力而開著的唯一照明，正在祥和空間一角的檯柱頂端，散發柔和的白光，勉強照亮我手中小說的文字。牆上時鐘的指針往前動了一格，十來坪大的客廳中沒有對話，只有互成默契的寧靜。

而這樣的安寧，就是我們倆再習慣不過的日常。

安靜的客廳裡，雨水持續敲打著不規律但整齊的旋律，我翻至書本的下一頁，書頁的沙沙聲在靜逸的氣氛中格外響亮。

眼睛稍微往窗邊一瞥，瞄見窗邊的那名少女挪動纖細的長腿，試著調成更舒服的坐姿，順手拉了拉脖子上黃絲巾的鬆緊。之後繼續望向空無一物的雨景。

「我說紗兒。」

「嗯？」

「絲巾那樣戴，不會不舒服嗎？」聊勝於無，我拋出一個隨興的疑問。

紗兒稍微想了想。「不會哦，綁久了也習慣了。」

「是哦。」

「而且，這樣脖子很溫暖的哦。」紗兒微笑輕撫著絲巾的邊緣。

「嗯，大概能理解妳的感覺。」畢竟我出勤時也會套一個脖圍，有時候甚至可以多一些安全感。

我再看了一眼微微泛著歲月光輝的黃絲巾，默默思考了一會兒後，回頭埋身書本，尋找剛剛看到哪一句劇情。啊，找到了。

雨持續不間斷地落入空蕩的城市，我已經翻到了下一章。這時書中的主角們正準備潛入祕密設施，尋找關於某件死亡意外的線索。

坐得有點累的紗兒伸了個懶腰，稍微有點可愛的哈欠聲讓我不禁走神了一會兒，黑色連身裙的裙襬因腿縮起來的關係，而褪到旁人看來十分危險的地步，露出一大截白皙的大腿。

有點危機意識啊，這傢伙……

紗兒注意到我無奈的視線，又看了看下身，頓時羞紅了臉，趕緊站起身掩飾自己的害臊。

「唉，都露出來囉。」我闔上書本，假裝什麼都沒看到地繼續說著。「說起來本來今天是要出門的對吧？」

「啊……嗯，嗯，對的。」紗兒理了理裙襬，慌忙回應道。「不過今天下雨，還要照你原定的行程嗎？」她歪了歪頭。

「這個嘛……」

嘿咻。我坐直身子，拿起桌上的杯水啜飲一口。

「古人曾說過：『空山新雨後，天氣晚來秋』不是嗎？現在外出的話正適合那種氛圍喔！」

看垃圾的眼神向我襲來。

「……那個，大文豪先生，行・程・是・什・麼・呢？」

「我、我在想了啦！」

看到我害怕的表情，紗兒滿意的笑了笑。

「既然下雨不能出門的話，那就幹點活吧。」我靈光乍現。

「去後院？還是地下室？」

「地下室。反正都是該處理的事，就現在有空弄一弄吧。」

「好！」紗兒高舉雙手，雀躍地贊成我的提案。

「另外妳這小傢伙下去之前至少穿個褲子和工作鞋。」

做為剛才的反擊，我邪笑著拋下的這句話讓紗兒嘟起了嘴。

「好……」

我放下看到一半的小說，領著紗兒往客廳後方走去。在玄關旁一扇上了電子鎖的鐵門前，我敲了敲密碼鍵盤，鐵門在「嗶」一聲過後鬆開鎖頭，露出了後面通往地下的長直階梯。我把掛在階梯口如實驗衣外袍般的衣物拋了一件給紗兒，自己也披上白袍，換上防水的工作靴。

我們一階階走下鐵梯，來到充斥藍色與暖黃光線的碩大空間。

種植作物特有的清香味在空間中揮散，其中還夾雜少許玫瑰的芬芳。適中的溫度與濕度交揉的舒適效應，讓一排排的藍色燈管看上去不但不詭異，反而給人一種高科技的前衛感。

「記住，雖然『她們』都很強韌，不過還是偶爾下來觀察照顧比較好哦。」

「嗯。」紗兒點點頭答應。

「還有等一下噴頭控管妳來負責吧，應該記得每種類的量要多少吧？」

「嗯，之前都記在腦海裡了。」

這個地方曾是以前那段時間，為了配合SCRA局內的糧食開發實驗而設置的地下中型植物溫室。同時因為我情報員的身分，擁有資源調查與研究的優先權，所以就簽下了這座溫室的擁有權。

基本上，只要是一般溫熱帶長得出來的植作物，我都曾在這裡試種過。之後實驗了幾回之後，轉型為糧食生產為重的研究方針。算是如果真有災變來襲時，緊急的資源需求應對措施吧。

雖然到頭來，這幾乎沒救到任何人就是了……

我一邊惆悵的想著，一邊踩下最後一級階梯。這時紗兒跨過最後一階跳至地面的可愛動作打斷了我的思緒。

「吶吶亞克，如果真的要種東西的話，為什麼不把地板全挖掉，種好幾排就好了呢？」

紗兒瞬間拋出又蠢又單純的疑問，讓我差點失笑出聲。

「溫室並不像農田或室外果園一樣，養分和空間主要來自於大自然的自然光和水源。」我耐心地解釋著。「尤其這種設置在密閉空間的室內溫室，要是真的像一般田地一樣整塊挖開、播種，水分會無處可去，工作起來也麻煩。」

「所以才這樣一小株一小株擺在架子和盆子裡嗎？」紗兒用戴上手套的手指戳了戳蕃茄的幼苗。

「對。要說的話……確實並不是不能某種程度上的挖開，再埋管線、設立大型灑水器。不過妳也不想看到我們的客廳垮下來吧？」我攤手開了個小玩笑。

「唔……」她用極其認真的眼神，死盯著底下一排探出頭的胡蘿蔔葉。葉子相互交疊的胡蘿蔔們就像撞見巨獸來襲一般，整根往後退了一公分。

不，等等，這是幻覺吧？

我搖搖頭揮去莫名其妙的幻想，以免腦內發展出植物像僵屍一般開始動起來的恐怖局面。

「那，紗兒，麻煩先到A排準備控管調節器。我去主控臺看一下。」

「好的！」紗兒依照指示沿路走向地下室另一側。

我走到地下溫室其中一邊底部的控制臺。在這個空間中，植作被分成了好幾個區塊，每個區塊又靜靜躺著數個長方形平臺。在那些種植區裡生長茁壯的，正是多年來辛苦培養的優秀作物。

四個角落以及每個植株平臺上方都架有功能強大的監控裝置。不只是環境的溫度、空氣成分和個別光源控管，就連單一作物個體的各種營養數值、健康程度都能監測。

簡直就像是幾十個不同功能的小溫室被塞進同一個空間一樣。

只能說局內的各式新型科技實在驚人……甚至有許多我根本搞不清楚原理的黑科技。然而有些功能因為需要與SCRA總部資訊網連結，在大災變之後就停擺了。所以我就當它是間「正常」的溫室，一鍵叫出植物的類別。淡藍色的列表上出現了一串的預設名稱與數據。

「芹菜、洋蔥、蕃茄沒問題，稻苗……好像有幾株生長不良，原因是……」

我繼續自顧自地喃喃自語，這時紗兒從稍遠的地方對我喊著：

「我這邊站定位囉！」

「哦，好，稍等我一下！」

我再次瀏覽整個螢幕的資訊，畢竟是生活主要的糧食來源，檢查絕不能馬虎。確認沒有大問題，我讓系統挑選特定的植作群，設定流量與出力數值，打開灌水系統開關。

好，準備ＯＫ。

「那麼……水閘開啟！」

我戲劇性地抬高手掌，並用力拍擊控制臺螢幕右下角的啟動鍵。控制臺的訊號電流竄過灌水系統，整座溫室開始小幅度地顫動，大概連一樓都能感受到震幅的餘波。接著，不遠處爆出一陣沉悶的轟鳴聲，水閘終於獲得解放，隨之威迫而來的是大量自來水造成的水壓。在幾乎快撐破進水口的瞬間，系統一一打開分流道，四散各處的水管展開一陣規律而有力的演奏。

輕快的流水聲傾瀉於地下的密閉空間，半透明的水管像運送洲際列車一樣將自來水迅速輸進每一種植區上方的儲水槽。在淡黃色光線與青藍燈管的照明下，透明的玻璃儲水槽水波盪漾，下方的植株都染上了一層美麗的湛藍。

但是這個灑水系統現在的缺點就在於，因為少了ＳＣＲＡ全局網路的加持，精準性與功能上都有不小的缺失。也因此……

「紗兒，差不多囉！」

「瞭解！」

不知何時已捲起袖子並將頭髮束成馬尾的紗兒，在回話後睜開方才因專注調整體態而閉起的雙眼。就像是切換成戰鬥模式般，她的手腳開始動作。碧藍的雙眼綻放出銳利的鋒芒，以極其靈活的身手轉動每區的水壓調節器。

曾聽聞熟悉狙擊技術的友人說過，狙擊手就像在乎細節的藝術家。其專注力一旦凝聚至極限，再微小的目標都逃不出她的雙眼。

而自幼被我教導射擊技術、並自己完全精通的紗兒，已經不只是青出於藍的程度，而是厲鬼等級的專家了。

只見調節器在她經過的瞬間轉至精確的刻度，灑水器一個個開始運作，並在一片葉綠的種植盆中灑下不同的水量。細小的水瀑在綠葉之上劃出了小道彩虹，滋潤了渴求光與水的土壤綠意。

沒有絲毫多餘的動作、沒有任何數值上的偏差。紗兒快速移動她的腳步並避開因水珠濺出而溼滑的地板，同時持續往下一區踏步。

調節器轉動、定位。水珠整齊劃一地灑下。

單種樂器、不同頻率與音量的大合奏，再加上少女有力的踏腳聲，響徹這不算小的地下空間。

每次下來這邊，這樣的光景還真是百看不膩啊。

我露出愉快的笑容，直到大合奏的最後一個音符落下。殘餘的水滴順著植株的葉緣落進略顯光澤的土壤，空間中還飄散著清爽的水霧。工作收尾的紗兒擦去額頭的汗水，還未平復呼吸就對著我比出勝利的手勢。我走出控制臺迎接有如歷經生死奮鬥的少女。

『啪！』

我們相互擊掌，在濕潤的空間中相視而笑。

「辛苦了。做得很棒。」

紗兒拭去髮間的汗水。「嘻嘻！」

「其實水不會自己跑掉的，不需要總是那們奮力啦。」

「這怎麼行！工作就是要使出渾身解數、迅速有效率的完成，這可是亞克你自己一直叮嚀的哦！」

「是，是，公主大人。」我舉手投降。「哎，只要不拖垮自己就放手去幹吧。」

「而且……」

「而且？」

紗兒將雙手向後揹，頭往上一抬與我四目相交。不知是因剛大量運動還是其他原因，稍稍泛紅的臉頰以最無懈可擊的笑容，融化這幾秒的語塞。

「而且……我喜歡亞克溫柔的讚美……」

（太……太可愛了——）

我努力摀住自己的臉紅，同時再次看向面前的少女，剛剛紗兒甜美的笑容已經淡去，轉變為歪著頭一臉困惑的神情。

「那……那個，我們今天、好像還沒看過花吧？」我急忙轉移話題。

「啊，對耶。」

「那去看一下吧。」

「嗯！」面前少女的笑容再次綻放。

下次得好好告誡自己別被甜言蜜語魅惑了啊……

不過所謂「看花」，並不是到外界的大花田欣賞花海。我和紗兒走到溫室右邊角落，在不同於其他方形平臺的圓盆中，繽紛的藍在此輕放花香。

一叢小巧但壯麗的藍薔薇驕傲地挺立。

那是我在與紗兒相遇後，兩人利用整整七年的時間、歷經幾百次的失敗後，才好不容易在這個溫室中培養出來的珍寶。通常玫瑰花系的植株需要大量肥料、時常的修剪呵護，此外對於環境中的水分含量又特別挑剔。

尤其是藍薔薇，傲嬌程度更勝於任何花種。當初甚至覺得要種在這樣過於人工的溫室實在不可能。

然而紗兒現在滿心歡喜所望著的，正是被稱為「奇蹟之花」的藍薔薇。一朵朵包覆著水藍的輕巧花瓣，在舒適的生長環境中一個輕撫著另一個，疊積成旁人難以忽略的深藍花群。

「這裡的花苞，還沒打開呢。」

「生長週期可能不盡相同吧。不過每一朵都是獨立的生命光輝哦。」

紗兒伸出手，輕輕呵護著靛藍的花苞。「真的……好漂亮。」

「是啊。」我溫柔地回應。

「外面……我們還沒探索過的世界，是否也有一樣美麗的花呢？」

我愣了一下。一時間，我無法馬上作出回答。

「也許……吧。」

也許——並不是也許。那樣美麗的花朵，我曾目睹一整片壯麗而繽紛的「奇蹟」。在這世上，那樣的景色，絕對還存在著。

而總有一天……

「總有一天，我們也看得到像她們一樣漂亮的花朵嗎？」紗兒感嘆道。

「嗯，會看到的，絕對。」

我搭上紗兒的肩膀，兩人再度相視而笑。

絕對。有朝一日，我絕對……會帶妳去看的。

作了一些簡單的收工作業，我們相伴走出地下室，脫去附著水氣的白袍和濕答答的靴子，重新回到房屋一樓的空間。此時，外頭的陽光穿透烏雲，在落地窗的折射下於地板放射條狀的光芒。

「放晴了耶。」

「是呢。」

我和紗兒同時拉直身體，放鬆因活動而疲勞的筋骨，看向窗外。雨天的景致成為過去式，取而代之的是潮濕空氣中的天晴。

「雖然從這窗戶看出去，也就是早午晚和天氣的變化罷了……」

這時，紗兒回過頭用男孩子氣的語調對我說：「『不管怎麼樣的風景，都是這個星球依然活著的證明。』亞克這樣講過吧？」

「啊，是啊，確實這麼說過呢。」

沒錯，只要景致朝夕變化，時間與地球持續流轉，這片土地就依然是活生生的世界。

是現在我們所擁有，為數不多的「幸運」。

而望著這些景色的我們，也同樣是──活著的。

「看來明天，也許會是個適合踏青的好日子也說不定。」

††

隔日清晨，曙光甫現之際。晶瑩的露水沿著路邊小草的葉面下滑，滴進鏽斑累累的水溝蓋。昨夜的另一場雨，為這沒有人存在的街道播下些許涼意，原本就已步入冬季的十一月顯得更寒冷了些。

在兩側高樓的遮蔽下，陰影成一條筆直的斜線，切開柏油剝落的路面，將道路分成黃白與灰黑兩個長三角。我掛著安全索，攀在某根電線桿上，從其上的方盒裝置中拉出一片像儀表板一樣的機械。

「哈——」站在不遠處把風的紗兒試圖抖去寒意，像小貓一般瞇起眼打了個大大的哈欠。

「太常打哈欠的話，會老得更快哦。」我邊作業邊假裝教訓著。

「亞克你已經用這句話唬我六十七次了。」

也太會記仇了吧。「這種東西不需要去記的好嗎……」

然而少女不服輸，堅持地抱怨著。

「因為亞克對我很壞。所以，要記次數。」

「今天不弄晚餐給妳吃囉。」

「唔……」紗兒一臉犯睏的嘟起了嘴，無話可說只好調了調肩膀上步槍的揹帶，繼續替我站崗。我的G36突擊步槍則已先被靠在一旁的消防栓上。我轉下螺帽，持續操作著機械面板。

當外出時，我們一定會攜帶槍枝，就算只是住所附近幾百公尺的距離。最低限度也會帶上手槍。因為一旦出了「安全範圍」，就是危機四伏的世界。不過通常也都是未雨綢繆的擔憂而已。

在多年前那些AI暴走之後，不管是軍用的武裝機械走獸也好、百貨公司或居家的清掃機器人也好，都有著極高的危險性。但再怎麼具威脅性，當電力不足、燃料匱乏的問題到來，也就變成了徒具金屬空殼的廢鐵。沒過幾週，大多數的AI無人機不是機能故障、就是進入待機休眠。

沒有人類生命、也沒有無人機活動。我們所在的臺北市成了名副其實的「死城」。只有少數仍在執行「命令」的無人機，日夜交替的巡邏著大街幹道。

因此，也需要槍枝以外的防範措施。

我將螺絲起子伸入裝置中旋轉、卡緊，機器發出令人滿意的『嗶』聲。確認「結界」的這一角沒有問題後，我滑下布滿鏽斑的電線桿與紗兒會合。

「OK，這樣今早四個設置點都檢查過了，看來結界依舊正常運作。」

「不過這些機器到底怎麼保護我們的呢……？」似乎驚覺自己問了以前就問過很多

遍的問題，紗兒默默地摀住了嘴。
「電磁干擾啊。」我拾起消防栓旁的突擊步槍，轉了轉稍微沉重的左臂筋骨回應到。「只要能讓這些裝置形成三角以上的包圍圈，就能讓只靠網路探查或儀器偵測的敵人產生『這個區域不存在』的認知，進而避開區域內的範圍。也就是……」
我遲疑了一下。「一旦裝置與裝置間持續連線並成為電子訊號隔層，這個『結界』——簡單來說就是電子力場，內部有什麼是完全偵查不到的。」
「那走進來的人呢？」紗兒眼睛愈闔愈細。
「如果是人類或活生生的動物當然還是看得到，畢竟肉眼不能見的光學隱蔽什麼的，幾個相隔好歹有幾百公尺的小型裝置根本做不到。」我看向昏昏欲睡的少女，繼續解釋著：「不過假如是那群機械的話，它們一進來就會因為電磁干涉與連接不良導致網路崩潰，最後……」
我走近一副又快要睡著的紗兒面前，『啪！』的一聲用力地拍手。
「咿呀——！」
「就這樣把它們的電子腦袋燒壞啦。」
「……亞克真的很壞。」
突如其來的惡作劇讓紗兒瞬間嚇醒，但顯然帶有點起床氣。
「想要我轉邪為正的話就清醒一下唄，我們也該動身了。」

我摸了摸她覆著雪白髮絲的頭頂，雖然身高跟我差了不過一顆頭，這種時候還是顯得好嬌小。紗兒隨著我的動作晃了晃小腦袋，閉著眼「享受」自己的頭髮被我弄亂的幸福感。

是不是太寵她啦……我有點罪惡感地想著，同時暗自回顧「結界」過往的安定性表現。

總共設置四座的電子干擾裝置，是呈現一個不規則的梯形展開，並以我們的住所為中心形成結界。而確實，自從架設結界後的幾年直至現今，除了三、四架「獵鷹」飛行無人機不小心闖進來報廢以外，沒有任何AI無人機接近。別說是意圖靠近了，連在附近巡邏都沒有。

尤其最近，甚至結界再往外延伸一公里內都沒有活動中無人機的跡象。

就好像──它們知道這裡藏了什麼，並刻意避開一樣。

這現象自然嗎？還是我太多心了呢……

不管如何，只能說以前從局裡拿出來放家裡的這些鬼東西，真的是劃時代的黑科技啊。希望總有一天能好好謝謝發明這些鬼東西的人。

彼時，朝日又往上升了幾度，大樓的陰影短縮，讓我們所在的路邊納入了陽光的掌控範圍。

「紗兒，確認下路線吧。」

「啊，好的。」

伸手撥正被我糟蹋的柔順白髮，隨後敲了敲從後腦杓延伸套在左耳的通訊資料裝置。這個小道具先是閃了幾下藍燈，接著從裝置靠近太陽穴的部位，一管細細的投影燈在紗兒眼前約三十公分的空氣上，投射出一道長寬約 **iPad** 大小的淺藍色透明顯示屏，上面正顯示著各式各樣的地圖與環境資訊。

這類科技在二〇一八年開始被研發，紗兒似乎也是那一年出生的。幾年之後就已被廣泛民用化，趨成了新一代的科技大躍進。只是，當時浮空的手動操作還沒有那麼精準，因此我在進入ＳＣＲＡ後與同僚做了不少改良。現在，操作浮空投影跟滑原始的平板已經沒什麼兩樣。

在自己也做了相同的動作後，我開啟本地已下載的地圖資料。

「待會由基隆路往下直走，不要走高架。出結界過辛亥路交叉口後開始走小巷，大路容易引來危險。接下來……」

「往公館方向走，接著通過快速道路後到達河濱公園，是嗎？」紗兒完美地接著我的想法講下去。

「正確。」我淺笑回應。雖然頭頂上遙遠的衛星八成都因無人控管而墜海，但有了左耳這個資料裝置的方向記憶功能，以及隨身攜帶的立體空間掃描器，要定位並正確地照著地圖走並非難事。

何況，這段路我們也走過好幾次了，彼此都有默契走哪條路風險最小。

我提起方才一直放在路邊的保冰桶和工具箱，紗兒則拿起細長的魚竿扛在肩上。完全露出頭的太陽將晨光照進街道，一個死寂的城市迎來新的早晨。

「那麼，出發釣魚囉！」

「喔！」

††

「欸咻！」

高高拋出的釣魚線，讓浮標在溪河上飛了一會兒，才『噗通』一聲落為廣大河面上渺小的彩色吊飾。自從人類消失，海平面停止急速上升後，這個坐落於溪旁的河濱公園，再度緩緩露出原已被淹沒的大半土地。新綠重新開始萌芽、清澈的水流與過往嚴重汙染的印象大相逕庭。

另一方面，因為相對接近上游，同時一年四季水量又穩定豐沛，形成了魚群聚居的優質環境。草魚、鯽魚、竹篙頭、鯉魚……魚種也不算少，在這樣的大城市中算是個理想的釣點。

我找到平坦的禿地放下摺疊椅，就這樣悠閒地架著釣竿釣起魚來。而家裡那位正值十七歲青春年華的少女，正在秋冬季水位略降的河邊，無憂無慮地玩起水來。

只見紗兒已脫下斗篷和褲襪，一個人光著腳在河岸邊七、八公尺的地方踏著水花。方才的睡意大概已經完全退去，現在就跟有餌吃的魚群一樣，在這晴朗的早晨中活蹦亂跳。

（……美人魚嗎？）

這次換我打了個大哈欠，我搖搖頭，驅散縈繞頭頂的疲勞感和妄想。

「紗兒，妳這樣會把魚群嚇跑啦。」

「誒——？會嗎？」相隔有點距離，所以聲音有點模糊地傳了回來。

「難不成妳是湖中女神，要抓起一尾金魚和銀魚問哪尾是我的嗎？」

雖然說我現在最想要的是普普通通的大鯽魚，不過如果真有這種神奇的事發生，倒也不賴。

「這個嘛，亞克覺得我有資質嗎？」紗兒踢了踢水反問。

「呃嗯……」一時不知怎麼回答，話還沒說完，這位「河邊少女」單腳站立擺出了一個俏皮的姿勢，可惜腳步沒拿穩，下一秒即華麗地跌倒在水中。

「喂，紗兒……」我見狀跑去關心情況，看見紗兒全身濕漉地坐在淺水中開懷大笑，這才放下心來。

「唉，我說妳啊……」

「欸嘿嘿嘿……」落水的紗兒倒也沒受傷，只是傻傻地笑著我下水走了幾步伸出手，接過她濕淋淋的小手後一把拉起。剛站起的紗兒重心一個不穩，拉起身的加速度害她一個踉蹌撞到我身上。我趕緊將右腳後移避免二度慘劇的發生。

「……」

「……」

我們就這樣站在河中，不發一語。紗兒緊靠著我的胸膛，而我順了順她沾滿水滴的長髮。最後，終於以紗兒打了個小小的噴嚏做為不情願的收尾。

「等等記得把頭髮和臉擦乾啊。」我遞給她一條小毛巾叮嚀著。

「嗯，我知道。」

在紗兒上岸甩了甩頭髮的水分、試圖擰乾裙角的同時，我繼續回到閒適的座位，和絲紋不動的魚竿及飄得異常悠哉的浮標大眼瞪小眼。今天的溪面平靜得不像話，雖然不是壞事，但久了也著實無趣。

說實在「釣魚」這種技藝，沒接觸會覺得平淡無奇，真不得已碰才發現——天殺的，釣魚真簡單。

沒錯，釣魚就是拉釣線、拋出魚鉤、確定浮標落水、等待上鉤。就這樣，簡簡單單。

剩下就是要先注意水流的速度、方向、有沒有迴流、風大不大、何時漲潮何時退潮；水位高低、天候是否穩定、近期河川上游有沒有異變。

真的，這些前置調查都確定後，不難啦。

不難……

……

個鬼啦！

我開始回想個種曾發生的恐怖情節：頭幾次釣魚每次甩竿都勾到草地；第一次探釣點結果等了一整天連根水草都釣不到；在不懂得拉線握桿的那段時期，魚竿被無情的水流帶走好幾回；下完暴雨隔天就出門垂釣，結果年紀還小的紗兒差點真的變成溺水美人魚……

（啊啊啊啊啊啊啊！）

我內心無聲的吶喊，表情完全陷入一片死灰。擦著頭髮、水還在從髮際低落的紗兒向我這兒微微一瞄，立刻驚覺事態不妙，馬上神色驚恐地轉回去。

嗯，我想我現在的表情大概已經超越死亡的等級了。

但繼續充滿負能量的思考也無濟於事，我只好繼續耐心等待魚兒來吃餌。

轉眼間，時刻已經接近日正當中的晌午。幾小時下來的收穫，目前只有水桶裡三尾不超過四十公分的竹筴頭和鯽魚。嘛，這成果也不算太差。我和紗兒各換了一次班，繼續盯著平穩的河面沉思。

一條體型中等的鯉魚從稍遠處的水中跳起、又毫無美感的落回水中，入水的波紋打破了水流的整齊。我邊看著好不容易衣物乾了一半又下去踩水的少女，邊祈禱剛剛那隻挑釁我的鯉魚會上鉤。

如果是「一般的」災後世界，那我們現在肯定總是為了糧食不足而苦惱吧。

然而在這個末世，沒有其他人與我們搶奪資源、也沒有疾病或天災大張旗鼓地肆虐。因此原本就生活於自然中的動植物，在人類不存在的世界，反而更加茁壯健康，彷彿萬物回歸原本應有的樣子。

至少，在這個島國上是如此。

我無法清楚得知外界的情況，甚至連這個國家偏南部分的人類生還狀況，也不是百分百確信。

起初我也試圖聯絡他人好幾次，不論是無線電廣播、有線電報或利用地標、空地作煙幕記號，各種方法都盡可能地嘗試了。然而，回應的音訊，半個也沒有。

「唉……」望著空無一魚的水色，我默默嘆息。

到後來，因為顧及ＡＩ無人機會截獲通訊來反定位我的可能性，除了定期親自到不同區域勘察以外，就不曾再嘗試與外界聯絡了。時隔這麼多年，雖然沒有見到其他活著的人，但至少，我們還算是衣食無虞。

除了每一兩周就會外出釣魚、上山狩獵外，也還有地下溫室的作物可以收成，保值期長的罐頭食品和真空儲備口糧更是留了不少存量，也多虧了人類科技的進步吧。十年前的時代，罐頭食品如鮪魚、玉米或醬瓜醃漬物，通常都擁有二至三年的保存期限；至於麵條、餅乾或巧克力等乾燥加工食品則可維持一兩年。而由於科技高速發展的「輝煌二〇二〇年代」，食物保存手段日新月異，這類東西能食用的年限全都翻倍。

此外，水源補給可靠著被兩段溪流包圍的優勢解決；電力問題也在房屋樓頂的太陽能板、河川水力發電及每天與發電機拚命的「操練」之下而毋須擔憂。簡單來說：

我們的末日，過得相當舒適愜意。

除了外頭依然會有那群無人機亂晃，以及再往北的某個，最危險的禁區——

『嘰。』

「啥？」在颼颼風聲中突兀的細微聲響，讓我重新把注意力放置到遠處的浮標。卡進砂石攤上的包碳釣竿先是悄悄地被扯了一下、兩下……

接著一動也不動。我才正要繼續放空，遠處的警告聲就：

「亞克，快看！」

浮標隨著剛剛漏聽的噗通聲不見了，在意識到的下一秒，已被緊緊拉到極限的釣魚線把魚竿彎成誇張的拱橋型，整根竿子隨著無形的力量被扯飛出去！

「哎等等等等等等等等等——！」

來不及反應的我趴倒在地，死命地攀住差點又要落水的第29號犧牲「竿」。儘管身體體重牢牢貼住了地面，但魚竿卻不敵未知怪魚的蠻力而逐漸脫手。

雖然再從附近的釣具店「買」就好，可是……

我擠出其餘的力氣呼叫。「紗……紗兒！來幫我個忙！」

「好、好的！」

涉水跑來的紗兒趕緊抓住竿子中段，我這才有餘力重新站直並握穩捲線器。在線頭另一端拉扯的未知生物確確實實地咬住了餌，以超乎想像的蠻力對抗兩名想把牠吃下肚的少年少女。

原本平靜的水面激盪出雜亂的水花，一下往右一下又向左衝的軌跡，證明這謎樣生物的游速之快。

這樣的溪流裡還有這樣頑強的魚嗎!?

「嗚喔喔喔喔喔！」

以前的討海人，都是在大風大浪之下，與未知的深海敵人搏鬥著。

現在，我們在平靜無波的日子，拚死拚活地跟某淡水生物拔河。

「呀啊啊啊啊啊！」

我們從魚竿兩邊抓緊握柄，各自發出有點熱血的怒吼，在廣大的河堤融合成怪異的回音。利用「敵人」放鬆力道的空檔，我刻不容緩，開始高速轉動捲線器。

「紗兒，要收線囉！」

「好的！」紗兒隨後更加握緊釣竿。

釣魚線以猛烈的速度開始回收，同一時間水中的「那東西」也再次展開激烈的攻防。眼看晃動的浮標終於重出天日、釣線也逐漸被拉進岸邊。再一下……再一下就好了……！

隨著浮標遠離水面，底下的謎之生物似乎也終於不敵人類的蠻力，已經可見鱗片的光澤隱隱若現。就快要露出牠的真面目——

啪嘰。

「啊。」

「啊。」

在釣魚線硬生生被咬斷、我們因用力過猛而後傾時，兩人異口同聲地輕輕叫了出來。我們雙雙在河邊摔倒，隨著匡噹的聲響，我大口喘著氣躺在冰涼的河畔和翻倒的器材旁。

紗兒也一樣累得起不了身。天空依然是如此晴朗。

「哈，哈……」

「噗……」

「呵……」

『噗哈哈哈哈哈——』

兩個人倒在河邊大笑，旁人眼裡看來絕對超級詭異。

「呵……」我擦去眼角的淚水，抬頭仰望天空。「結果到頭來，還是看不到那東西的長相啊……」

「我倒覺得還挺有趣的。」

我想了想，隨後聳聳肩。

「也是啊。」

紗兒故作惋惜的感嘆。「雖然沒釣起來，有點可惜就是了。」

「下次有機會再來挑戰吧。今天也差不多了，收拾一下吧。」

「嗯。」

我從淺水中起身，撿起掉在後方的魚竿和傾倒的折疊椅，紗兒表示她想先換一下濕透的衣物，我就先擦乾腳穿起靴子，到河堤上的綠地晃晃。剛好，我也有想繞的地方。

實際上，也只是小小的故地重遊。

來到離釣魚地點不遠處河濱公園的一個上坡段，步道大部分的區域已被植物覆蓋，眼前用石塊堆砌而成的的圓形廣場，散發一股因風化而凋零的氣息。

斑駁廣場的正中央，聳立著一座不鏽鋼製的立體紀念碑。這曾宏偉一時的紀念碑本來是以十字叉叉為底座，方尖形正方體框架的兩角，則分別不對稱地安插了一顆圓球與三角體。

╳、□、○、△。像極了某舊時代數位遊戲機常用符號的這尊碑座，剛被立起來時代表：

科技、人文、自然、秩序。

遠在大災變發生的三年前，二〇二五年。因為資源的極度分配不均與國與國之間的理念衝突，第「四」次世界大戰爆發，為何不是第「三」次，純粹只是因為人類覺得這稱呼被虛構了太多次，有太多電影、小說作品使用其做為下一個大戰亂的代名詞，因此被多數人列為禁忌之詞。

可悲的是，戰爭的白熱化依然無法阻止。

不過這紀念碑被立起來的理由，就是因為在戰爭時期，前來支援的美軍投入的兵種多數都是ＡＩ無人機，致使這個國家人類士兵的死傷數，幾乎為零。同時海平面的上升只淹沒一半的河濱區域，科技又開始起飛成長。

因此自大的我們——看不清情勢的我們——就在開戰兩年後，設計了這麼一個「裝置藝術」來紀念那個「偉大」的時刻。而三百多天後的大災變，不留情面地宣示這個「偉大」笑話的終局。

如今被折斷而滾落的圓球，成為植株枝枒的苗床；因生鏽而裂開的方框體宛如風中殘燭般，孤立在綠葉叢生的廣場中心。

四大架構人類文明的要素崩解一地，我望著那已經稱不上是藝術品的「人類墓碑」，不禁苦澀的憶起剪綵當日的情景——

那是一個八月的夏末時分

「切，為什麼這種大熱天，還得跑到河邊來看戲啊？」

維特，你沒有說錯。這都是我們自導自演的一齣蠢戲碼。

「啊……那個，我覺得，這、這是一種激勵人心的精神象徵哦！」

小雪，如果妳的樂觀，能夠傳達得到他人，那該有多好……

「如果立個碑就能拯救世界天下太平，那我還不多立幾個咧，哈！」

你總是一針見血，面對局勢二話不說地諷刺啊，席奈。

「再亂講話，等等局長過來就要挨揍了，唉，亞克你也勸勸他們吧？」

琴羽……

「如果大家都還在，那該有多好……」

我們總是不斷地犯錯，不斷地不斷地不斷地不斷地重蹈覆轍。

最後我們留下了什麼？

什麼都沒有。

不，與其說什麼都沒有，不如說留下了更可怕的產物。以致於過往的榮光成為假象、昔日的成就變成惡夢。

孤寂的微風吹過被冷落的廣場，叢生的雜草不發一語的晃動。

自取毀滅。這就是人類最適當的形容詞。

然後只剩我一個人，面對我們自己造成的爛攤子。甚至還牽扯了無辜的少女，被強行逼迫進到這渾沌的殘酷世界。

現在的我，還該繼續朝拯救人類、復興文明的方向走嗎？我該繼續探求這一切背後的真相嗎？

我轉移視線，看見紗兒已經換上短褲，在逗弄一旁樹叢中發現的灰兔一家人。她抱起了其中最幼小的兔子，跟牠臉對臉蹭了起來。迷人可愛的笑容吸引著兔子圍繞在她身邊，活力滿滿的蹦跳玩耍。

這樣……就好了吧？

現在這一刻，這樣就行了。只要這愉快的光景能持續下去，就好了吧……

【第001週】 薔薇

「咳……咳……」

我因疼痛而劇烈咳嗽，嘴裡吐出混雜了胃液的鮮血。視界從一片虛無的黑稍稍張開，抬眼正上方是一片死氣沉沉的模糊灰空。騷亂後的餘燼，飄散於硝煙味瀰漫的街道，裂坑邊緣的小石塊隨著不祥的風吹而崩落，掉入我近處的積水，髒水濺上我無感的側臉。

外頭的暴亂似乎暫時止歇，除了沒有溫度的風聲外，感覺不到任何動靜。我依然躺在因爆炸而形成的坑洞底部，衣物背部早因水灘的關係而溼了大半。

我……還活著嗎？

沒想到經歷了將近「粉身碎骨」的重擊後，我非但沒被收拾掉，還能勉強算好手好腳的呼吸啊。我試圖移動我的手腳。不行，完全不聽使喚。

啊，大家——！

逐漸重奪意識主導權的同時，才想起因重傷而昏倒的前一刻，我還在與第一指揮組的夥伴們連絡。我忍受著極有可能會二度昏迷的痛楚，咬牙抬起左手觸碰通訊裝置。

「有……有人嗎？」

「……沙沙……沙沙沙……」絕望的電子雜訊傳來。

「呼叫所有……咳……所有頻道，聽到請……回應……」

「……沙……沙——」

無線電通訊的另一端，除了沒用的雜訊外一無所有。

「真該死……」

現在是幾點？我在哪？外面的情況變成什麼樣了？

無數的疑問與煩躁感在我腦中迴繞，使得原本的頭痛更上一層樓。總之，先想想，現在該優先做什麼事。

我半閉著眼皮受傷的左眼，試著動了動全身確認傷勢……

「呃啊——！」

強烈的痛苦直衝腦門，後背、腹部、腿骨傳來宛若燒灼與寒凍同時襲捲的苦楚。身體除了擦傷和鈍器重擊的挫傷外，沒有大範圍的外傷。然而皮膚以下的內部大概是慘不忍睹吧。

斷裂的肋骨刺入血肉，一點一滴地奪去身體的力氣。不知左腿還是右腿的骨折，讓我已經幾乎快感受不到我的下肢。

我大口喘氣，吸進太多髒空氣及長期缺乏水分，導致每次呼吸肺部及胸腔都伴隨一陣劇痛。

顯然，亂動不是個好主意……

先急救吧。

我擠出最後的一丁點力氣，甚只能讓右手肘以下的部分動起來。好不容易，指尖觸碰到了左胸外衣前的針管，顫抖的手指將針筒拔出、握正，並以唯一的一絲力量灌注到右手，我猛力地將強心針往左臂一刺——

「——！」

針筒內的混合藥物緩緩注入我體內，雙臂因力氣用罄再度垂落水坑。我感覺腎上腺素逐漸發揮作用，一直處於朦朧狀態的視覺也開始恢復。僅僅是加強內臟器官與神經運作的混合藥物，不可能把斷掉的骨頭重新接回來。不過至少，精力已開始用極緩慢的速度，恢復到能起身活動的最低限度。

我又繼續躺了一會兒，等待力氣回復到基準值。雙腳應該能行後，我以手肘撐住粗糙的地面，好不容易累積的元氣又差點被灼熱的痛楚給奪去，上半身隨著痛苦的呻吟緩緩在原地坐起。

呼……呼……光是起身就痛得昏頭，我等一下還走得了路嗎？

向前上方看了一眼，所幸原本的路面因坑洞坍塌，形成了一個人能行走上去的緩升坡，不然大概還得冒著斷氣的風險攀岩了。
我看了眼電子錶，上面顯示"JUL．5/1635pm"的英數字。
什……
我竟然昏迷了整整一天嗎……！
難掩內心的錯愕，我的頭再次愈發疼痛了起來。如果說明明已經過了一天、又從瀕死邊緣爬回來，卻沒有任何人前來救援……這就代表……
在我尚未釐清狀況的這一刻，一道黑影從洞口邊緣探出頭來。
「什……！」
再次愕然的同時，奇蹟似穩定運作的第六感，自動讓背負重傷的身體直接大力翻進坑洞陰影處。一架型號未明、頭頂散發出鬼魅紅光的ＡＩ無人機一腳踩在洞口邊緣，用雷達掃描著這片區域的熱反應。
我心跳加速、一動也不敢動，就算剛才身體根本還沒復原就劇烈運動，讓我很想放聲大叫，我還是把所有感覺都硬壓了下來，躲在被落石包圍的陰影中。
鮮紅的鬼火，封鎖著一切逃生的可能。從來沒有過的死亡預感襲擊我全身上下的神經。冷汗直逼心臟深處，我無法呼吸、也不能逃命。我不想……
（我……我還不想死——！）
我緊閉雙眼，用此生不曾有過的虔誠心祈禱著。雷達的偵測音反覆來去，每一次擦過身邊，都宛如死神手持巨鐮的宣告。

漫長無盡的短短數秒後，無人機終於興致缺缺地漫步離開，我驚魂未定的探出頭，同時掏出腰際的手槍以自保。說實話這種狀況下，手槍根本沒什麼卵用，純粹只是心理安全感的問題。

先回到路面看一下情勢好了，我心想著。

右手握著手槍、左手扶著依然疼痛不已的腰部，我緩慢朝著落石堆形成的緩升坡前進。被拋在不遠處的突擊步槍也先不管了，現在的我，根本沒有餘力去搬那種東西。

我拖著沉重的身體，一跛一跛地開始接近路面。不久後我從路面水平線探出一顆頭，剛剛那架走遠的無人機，正在前方幾十公尺處漫步前行。我瞬間縮了一下，深怕它會突然回頭朝我殺來。

但與預期相反地，那無人機開始不穩地晃動，看似過熱的運算主機從頭部開始冒煙，而後就像斷了線的傀儡，失去動力而癱倒在路肩。

幸……運？不對。

放眼望去由進到遠，到處都是失去機能倒地，或缺了足肢、頭部損壞嚴重而微微冒煙的機體。我立刻意識到這些機械癱瘓的原因所在。

燃電供應不足。

就算是ＡＩ操控的無人機，以軍用武裝機體來說，也少有足以搭載自力發電系統或核動力的空間，因此在整天的「殺戮行動」後，依然會有電力或燃料的供給需求。

雖然假設上來說，聰明一點的或許會聯合起來尋找能源，但這些原本聽命於人類、服從唯一指令的ＡＩ，大部分根本也沒有所謂「補充能源」的概念吧。

我鬆了口氣，這樣至少不用對付那麼多可怕的金屬巨獸了，不然我猜也是不太可能走出這鬼門關。

那麼，該怎麼辦呢？

方才確認了目前的處境，從我現在位置往北推一些是圓環，往左右兩邊的話……各有一個捷運站。距離方面，自己居住的據點離這邊相當近，一整段路過去再多一點就到得了。

至於ＳＣＲＡ總部則是遠在松山機場的邊上，根本不用想去那邊了。

然而，總部絕對有完善的醫療設備和藥品，在這種非常時期我也或許也需要更多的物資以防不時之需。

（此外或許……還有人活著也說不定……）

我甩甩頭打破迷戀的妄想，現在最主要的，還是先治療自己嚴重的傷勢。愈快愈好。我往旁邊的人行道靠過去，喉嚨又突然湧出一種嘔吐感，不知已經多少次的咯血，在原本就血跡斑斑的人行道上留下了更多新鮮的血痕。才走個幾步就體力透支的我，靠著騎樓的柱子坐倒。

右手突然沾上黏糊糊的東西。

……

不管了。

地上黏稠的東西並非我的血液。我帶著悲愴的眼神看了一眼手掌所沾到、那些冰冷又濃厚液體原來的主人。

下一個瞬間，剛才慘不忍睹的景象已流出我的思路，隨同更前方數不清的相同景象，一同被冷酷無情地忘卻。

現在，只要專注於該做的事即可。我以所剩無幾的體力逼迫自己站起來，拖著腳步往家的方向而去。僅僅七、八百公尺的距離，卻如天國般遙不可及。

說起來用天國形容的話，那我也差不多了吧……

根本已經一腳踏進棺材了。

「看來，還有好一段漫漫長路呢……」

††

塵沙漫布的大臺北地區，混合著雨水悶熱的氣息，一股嗆鼻的屍臭瀰漫在低空的大街小巷；數架如大自然掠奪者般的無人機，在交通號誌燈倒塌的幹道上安靜地遊走，機械腳掌踏過已經不再發出慘叫的血水。

雨澆不息的絕望大火，在滿布灰燼之大道兩側的建築，持續燒卻、毀滅人類文明最後的象徵；銜頭接尾的大小車輛，在飄著煙灰的雙向道默述倉皇逃難的情景。

唯一被空出來的一排斑馬線上，一個穿著洋裝的破布兔玩偶，牽著棉線，靜躺於黑白之間。

一夕之間，人文、秩序、科技。幾千年建構起來的人類文明。確認，崩毀。

人群的喧囂不見了，取而代之的，是來自煉獄的咆哮；數天後，世界回歸寧靜。因為人類消失了。

歷史上的這一週，死亡人數占了全球總人口原本的七成。

紀錄中，血流成河的大都會地區，超過九成的人類被徹底消滅。

之後倖存的人們，稱這一天為「大災變」。
而「大災變」的罪魁禍首，正是他們的「創造物」與——「創造者」本身。

††

門板被粗暴的撞開，我重重倒在塵埃未落的玄關，嚴重的內傷已經奪去太多體力，想爬一步都覺得無比艱難。不只是傷勢，剛才極度惡劣的街道環境和脫水、缺氧、內出血，都使我精神愈來愈錯亂，還能撐到現在根本就是個奇蹟。

我拖著頑強的軀體，緩慢經過一片狼藉的客廳。落地窗因先前爆炸的震波而粉碎，原本牆壁上的掛畫與電子設備，成為大理石地板上毫無意義的碎塊。已經凝固的血塊黏在一地的碎玻璃上，細細閃著暗沉的光芒。

一整排的書架東倒西歪，掉落地板的書籍都蒙上了一層細灰。唯一對這片慘狀不予置評的時鐘，指向六點過後的位置。

我凝視了一眼自己昨天出戰前，因衝擊波而猛烈被推撞到牆上後所吐出的鮮血，以及摔裂在一旁的顯示面板。愈來愈模糊的雙眼捕捉到了上頭不清不楚、不規律閃爍著的文字：

▲／／：主機指令斷線，立即啟動核心關機程序：／／▲

——災害判定：AI暴走。

——危險等級：10／10

至少……妳到最後沒有變成那些可怕的怪物啊，海倫娜……

最後還有一行字，那是昨天事變發生時、衝出家門前來不及閱讀的東西：

『那麼，祝您武運昌隆，主人。』

我淺淺一笑，接著將視線移離代號「海倫娜」、再也不會開機的居家AI管理系統。心肺內側再度傳來劇痛，流出嘴的新血漬染紅了房間的地毯。包紮、固定……要快點……治療——

我進到房間，先是抓起瓶裝水喝了幾小口，接著打開櫃子，摸出裡頭的數個藥瓶、針頭及繃帶。

把破損的戰鬥衣及襯衫脫下、用小刀切開褲管後，先是打了兩劑輕量麻醉，清洗傷口、用繃帶包住出血處，接著再以夾板固定骨折部位。早就沒了感覺的大腿現在彷彿已經完全不存在，不知斷了多久的肋骨持續造孽，肩膀以下的半身早已不是攪得一團糟就能形容的了。

幸好拜科技所賜。「接骨劑」——一種能自動癒合體內斷骨與細胞的現代醫學產物，在一針慢慢打入體內後，開始執行治療人體的任務。我有氣無力地把其他藥瓶和用具扔到床尾，一個人躺在被方才的出血染上顏色的床鋪。

疼痛、悲傷，還有疑惑等感覺與情緒，逐漸被意識拋到九霄雲外，就連意識本身也逐漸淡去。

真是，累死人了……

稍微……睡一下，應該沒關係的吧……

††

眼前，是一片空洞的黑。

我環顧四周，除了看得到自己的身體外，完完全全的漆黑透不出半點牆壁或天花板的形體。彷彿無盡延伸的空。

「有人嗎——？」

但是，卻有回音。

我站立於沒有形體的「地面」上，慢慢在這個黑暗無盡的空間摸索。
這裡，是哪裡？
夢境？現實？還是說——地獄呢？

『咚——』

霎時，敲鐘聲在空間中響起了廣大的回音，我抬頭一望，即見大大的詭異白色字樣飄浮在空中，就像ＶＲ遊戲般跟在我的視野正上方。

S2e0r2A8I07C04e

亂……碼？
有如宣示著什麼教義一般，意義不明的英數字排碼靜靜高掛。我滿是問號的看著它，它也漠然回望。
接著，又一聲鐘響。白色的文字隨著一波脈衝消失，不安的轟隆聲隨之接近我腳下的地面。我反射性地跳開原先站立之處，鮮紅色的液體從黑壓壓的地面冒出。
兩處、三處、四處……

邊冒泡邊湧出「血」的噴泉無限制地增加，往外圍不斷延伸。明明沒有任何牆壁包圍，整個空間卻一層層地被鮮紅逐漸淹沒。

我無路可退，驚恐地看著紅色的濃稠血液從腳踝往上爬升，到腰部、到胸口……紅色浪潮恐怖的景象奪去我的氧氣，脖子以下的身體已徹底融入血泊之中。

「為什麼……這些東西到底哪來的——！」

快要無法呼吸了……難道我……就要死在這了嗎……？

不等我想完最後的遺言，鮮血之洋吞噬了我的意識。

當我在空寂的房間驚醒，床頭的鬧鐘顯示現在已經是又隔一日的夜晚時分。窗外的夜色格外寂靜，放晴的天空點綴著肉眼可見的美麗星光。遠處傳來某種鳥類的咕咕鳴叫，該是鬧騰的不夜城，沒有人聲。

這樣的景象，絲毫不會讓人覺得這是末日後的世界。

（說不定，人類不存在的世界，就是這副樣貌呢……）

短暫的怪夢後，我慢慢挺起身子，受傷最嚴重的身體部位依舊隱隱作痛，不過藥劑多少發揮了些功用，至少沒有昨日那種昏厥感了。我在床邊坐起，思忖在這傷口復原的期間，下一步該做些什麼。

在這荒唐的末世，永遠都要思考下一步。

沒有規劃、來不及臨機應變者，就無法生存。因此，首先……

咕咕嚕嚕嗚嗚嗚——

「……先吃點什麼吧。」我無奈地心想。

爬下床，經過昏暗的房間與還未打理過的客廳，在視野不明朗的環境下，我在走廊盡頭摸到電源控制箱，打開蓋子，找到備用電源的開關並拉下把手。

頓時，發電機的啟動音沉悶地響起，室內各個房間的電源一格格回歸正常運作。我開啟最小限度的燈光，關上控制箱並走進廚房。突然想起，現在的身體，應該不能接受太硬來的食物。

我只好繼續忍受著飢餓，從櫥櫃中翻出流質的緊急補給糧食，默默地坐在椅子上吸著這味道不太ＯＫ的加工物。

怎感覺……挺和平的啊。

不不不不，現在外面還是很可怕的好嗎！

我差點因胡思亂想而嗆到，短暫的咳嗽害腹部的內傷發出激烈的抗議。

總之，必須先想想現在的我，該做什麼、能做什麼。我望了一眼亂七八糟的客廳，以及我自己拖行所留下、一路延伸到房間內的血痕。接著我走近沒了玻璃隔擋的窗邊，瞄了一眼空蕩的夜色。

先稍做打掃，修理全滅的落地窗好了。感覺上也要下溫室看一看，雖然有備用發電機，應該不需要擔心植物枯死。

然後再檢查一次傷口、消毒、重新包紮……

之後，出去吧。

一定還有人在外面。還有人在等待救援。這起事件的真相也還沒釐清。

我想起不久前做的噩夢，有可能，那串亂碼是線索也說不定。但先不論那是否能引導我找到事發的原因，我都必須先救人。

因為，責任在我。

ＡＩ會失控絕非偶然，也不是無法預測。前幾個月以來，好不容易調查了這麼久，我終於在人人毫無疑慮的ＡＩ系統中找到瑕疵，卻又因資訊不足而遲遲不肯確保事態……

我明知這種事有機率會發生、明明情報已透露出這樣的徵兆，卻來不及告訴大家……導致這種狀況的，先不論事發原點為何，我都必須負起一定的責任。

因此，就算犧牲這條命，我也要出去尋找生還者。

哪怕只有一個人也好。

對了，待會也把「那個東西」搬出來吧。這種情況下。「電子結界」正好能派上用場。

吸乾最後一口營養但乏味的流質糧食，我把空包裝隨手丟進餐桌底下的垃圾桶。

††

僅僅四天。

還是該說，已經過了四天呢？

我皺起眉頭，一臉沉悶地行走在飄散難聞氣味的捷運軌道上。腹部還沒療養完的傷勢發出哀號，何況我現在還多扛著一把槍和裝備，多了好幾公斤的重量讓我每走一小段就得停步休息。

就算打了止痛劑，還是不該隨便就跑來外面晃的。但是……

實在是太奇怪了。

無論是住家附近，或是避難所、醫院等公家設施，都不見半個人影。噢，講錯了，是沒有「活著」的人影。我小小糾正了一下自己。

室外因為當初有那些無人機橫行就算了，然而就算是相對安全的室內，探察後所見的情況，要不然就是沒有人跡，要不然就是已經失去氣息、再也起不來的軀體。所到之處盡是生命力盡失的空氣，連呼吸都覺得煩躁。

（難道說在事發當下進行了大規模的撤離行動？）

我暗自思忖，但可能性實在不大。當時那種分秒必爭、又不斷被攻擊的狀態下，實在很難想像一大群的人們能在失去地面優勢的情況，成功撤離到境外。

至於第二種可能，也就是——這些機械真的將人類全數一網打盡，沒有除了我以外的漏網之魚。可是，那個所謂的「全球ＡＩ軸心統合系統」，真能組織如此高效率與精度的「狩獵」行為嗎？

我持續走在捷運隧道的黑暗之中，一明一滅的壁燈照映我臉上擔憂的神色。

「已經確認過十個站點了，接下來……」

我嘆了口深沉的氣，一邊操作著眼前的地圖面板，整理目前的情況。今天一路下來，為了避免不必要的危險，都是在捷運線路之中穿梭，每到一個車站就出去到地面，並在周邊建築的內外探查生還者的蹤跡。

不過目前為止，一無所獲。

我爬上月臺，悄悄接近透出淡淡光芒的車站出口。現在已時值傍晚，原本就不怎麼明亮的天色增添了少許橘黃，但景色卻並沒有因此而變得比較溫暖。沒有任何生命活動的熱區大街，在遲來的烏雲下顯得異常古怪。

我從出口天頂倒塌的落石堆中探出頭，很好，前方沒有機影。也沒有人影。

確認路面情勢後，我開始高速思考接下來的「作戰」方針。畢竟沒有政府、媒體或任何人出面整理災變情形的這種時刻，無法保證還會有什麼我不清楚的「未知」向我襲來。更不知道還能自由活動的無人機有幾架，分布在哪、如何打倒。

再更何況，我現在抵達的地方，曾是整個都市人潮的核心區域。換句話說，也是那些ＡＩ無人機最佳的狩獵場。

不格外警戒不行。

開始移動前，我用手拉了拉背包的肩帶，又碰了一下還在復原途中的傷勢。短時間內應該不會有大礙。在默默將精神從胡思亂想切換到戰鬥模式後，全身注意力開始向五感集中，

忘卻疼痛、拋下浮動的心情。現在，只要專注於前進。

我提起愛槍，裝上彈匣後拉起槍機柄，順從的機械發出令人滿意的『喀擦』一聲。我提槍試瞄，視野沒有問題。槍機也牢牢地卡上了。

為接下來的作戰取個名吧……

「搜救行動」，這名字可真俗啊，我自嘲了一聲。不過，事實就是如此。

我左手向前一撐翻過落石堆，開始壓低音量地奔跑。經過拋錨的轎車、經過急忙之中被留下的軍用裝甲車。衣物行囊四散一地，以成千上百無意義的彈殼點綴。

在其底下則時不時露出人體的四肢。再也不會動的那類。

毫無人車活動的道路，筆直地刺進遠方地平線的山脈；象徵未來與科技發展的玻璃帷幕一排排並列於兩側，反照著天空憂傷的晚雲。破壞的痕跡遍布磚與鐵的人文建物上，一旁展覽中心外圍的柱子紛紛碎裂、傾倒，在同樣燒焦了一半的行道樹旁形成一種淒涼的美。

而身為地標的101大樓，在建築腰部的地方被爆彈轟出了大大的缺口，大火後的餘燼冒著細細黑煙，混進相同色調的大氣之中。

天邊的烏雲積了又散，千百建築的上空劃出一縷夕照，漸漸忘記原主宰者的城市迎接著晚霞。

說實話，如果我並不身為人類文明的一份子的話，那眼前的斷垣殘壁可謂絕景吧。沒想到，當繁華的大都會成為了色彩單調的廢墟，意外地不會覺得醜陋，反而有種難以言喻的美感。

僅剩殘渣的人類文明，竟比全盛期要來得入眼。

只可惜，我就是那個想抓住最後一丁點、藕斷絲連的文明殘渣的人類啊。

我小跑步來到了灰色水泥叢林中、為數不多的一片公園綠地。停下來稍微歇一會兒，我四處看了看。雖說是「綠地」，但原本廣大的樹蔭不再遮蔽底下化為灰燼的花花草草，廣場中央的大噴水池也因機能停擺而風采盡失。

景象來到了因旁邊矮樓崩塌而被摧毀的涼亭，支撐涼亭四角的柱子被硬生生地折斷，大量鋼筋水泥堆成的小石山，重重地壓住無法呼吸的青草地。除了失去色澤的斷柱殘頂，還有一塊沾染黑灰的白色布料，像是被撕扯一般躺在石堆的縫隙中。

等等，白色的……衣物？

具有立體感的「白衣」，被撕裂處以一絲絲的樣貌垂掛在色差鮮明的石堆上。不對，是頭髮。

我揉了揉眼。再看仔細一點，可以看到白色衣物緊裹著因髒汙而分辨不出是皮膚的軀體，呈一個幼童側躺的姿勢。

「難不成那是……！」我驚呼一聲，因急忙而差點絆倒。

絕對不會錯，那是有可能還活著的人——

在這幾天看過太多屍體後，渺小的期望驅使我的本能，跌跌撞撞的來到石堆面前。靜靜躺在眼前的，是一名推測年齡不過十歲、一頭白銀色長髮的女孩。

脆弱的小臉隱現混雜著焦慮、恐懼與不安所留下的淚痕，靜靜閉著的雙眼一動也不動。白色連身裙所沒遮蔽到的手臂與腿部，點著輕重程度不一的擦傷與凝血。小小的胸膛微弱的起伏……

還有呼吸——！

「喂，喂！妳還好吧？快醒醒！」

我不敢大力搖晃，生怕女孩身體的某一處已經斷裂或受到重傷。但看來應該僅是昏迷了，只見在我叫喊後，瘦弱的女孩依然沒有回應。

然而，是活著的。

第一個找到的生還者。

我難掩情緒的激動，就這樣看著如水晶般奪目、卻又易碎的小女孩，絲毫不敢移開視線。感覺這眼前的奇蹟，如果我看向別處，就會靜悄悄的溜走再也回不來一般。

不知為何，溫熱的淚水奪眶而出。

我多久沒有流淚了呢？

在摔落坑洞時，傷口再怎麼劇痛我都忍住了淚水；當意識到連絡不上同伴、孤立無援之時，我也沒有嚎啕大哭抱怨世界的不公。

然而現在，朦朧視線前弱小但堅毅的生命，重新連結我內心最深層的渺小祈願。

我跪倒在地，晶瑩的淚水無法阻止重力而滴上褲管，嘴裡發出啜泣的呻吟。這份淚水，不是因為終於達成搜救此一心願，也非絕望之中透出希望的喜悅。

而是知道。「還有人活著」這個事實。

也許對自己來說，是一種救贖；對想力挽狂瀾拯救文明的願望而言，則是前進的一大自信。

因為在此之後，我不再會是孤單一人。

這時我注意到一片灰色石堆與綠色草地之間，不自然的一點海藍色。一朵嬌嫩的小花，抵在水泥堆將要壓上綠地的邊緣，負隅頑抗地撐住了相對起來巨大無比的蠻橫廢墟。

那是一朵在萬難之中，逃過一劫而沒有被壓壞的藍薔薇。

「奇蹟之花」。就像代表此刻的相遇一樣，象徵奇蹟意味的藍色花朵，在風中搖曳著水色的花瓣，不因石堆的壓迫而退縮，堅忍不拔地屹立於地。面對被蹂躪而毀壞的世界。「她」選擇綻放靛藍的花苞，

然後活了下來。

這樣的巧合再度衝擊我的靈魂深處，超出負荷的感動令我久久不能自已。

啊，是啊，這就是所謂真正的……「奇蹟」啊……

我擦去淚水，慢慢地伸手試著觸碰女孩的身軀。好冰冷。但是一絲異於周遭環境的溫度流入我的手掌心，證明了眼前小小的生命，是貨真價實存在著的。

我抑制住想喜極而泣的情感，拿出背包中的瓶裝水，倒了一些在掌中把手帕弄濕，接著細細地擦拭女孩滿是灰的臉頰、潤濕有些乾裂的嘴唇。近看之下才發現，這副臉蛋彷彿人偶一般，勻稱而毫無瑕疵。

就好像，她是不屬於這醜陋塵世的生命一般……

而後，我緩緩抱起素未謀面的「生還者」。小女孩安詳地躺在我的懷中，雜亂的白髮垂落於我的手臂。雖說外表看似安穩的睡著了，但恐怕她的身體狀況十分危急。得盡速送回去治療才行……這麼想的同時，一個小孩外加大量裝備所帶來的重量，讓我自己的傷勢重新發出無聲的悲鳴。

「唔……拜託等等路上不要再有什麼麻煩事啊……」

自言自語一番後，右腳踏出了回家的第一步。抱著女孩虛弱的身軀，我轉過身，走上灰白色的殘破街道。

††

我，亞克，現正面臨著，人生最不知所措的突發事變。

在路邊撿到一名異國髮色的幼女回家，途中還因為幾架「禿鷹」型無人飛行機的追捕，而害懷中的小女孩被莫名晃醒後，極度驚恐地盯著死命奔跑的我看。現在，則惴惴不安地坐在剛整理好的沙發上，兩腳丫不安地搓動著，碧藍的大眼睛透露出無助的心情。

（嗯，我懂，我也很無助啊。）

要說一路回來是否平安，這確實是平安到家了。不過當時，因為這不可思議的奇蹟邂逅實在太感動了，以至於我忘記一個最主要的問題……

我・不・會・照・顧・小・孩・子・啊！

我靠在客廳牆邊抱頭苦思，腦海發出沒有人聽得見的吶喊。一名少年和一名女孩，就這樣無助地盯著對方看。

幸運地，這孩子除了擦傷和極輕微的腦震盪外，沒有其他嚴重的傷勢。剛剛姑且是給她喝過水、吃過療傷藥了。至於她前幾天到底如何存活下來的，我無從得知，暫時也不需要知道。

不管怎麼說，人活著是最好的。但是啊……

「呃……」我揉了揉太陽穴，平時思維冷靜的我，現在頭腦一片混亂。小女孩也是滿頭霧水的歪頭看向我。

（首……首先，先達成基本的認知吧……）

「那……那個，妳叫什麼名字？」我在隔桌對面盤腿而坐，盡量禮貌並帶有親和力的露出微笑。

而縮在沙發上的女孩就像看到鬼神一樣，欲哭無淚的臉蛋又往後退了一吋。

啊，完了，被幼女討厭什麼的，我還是死一死算……

「Sa……Saji……」

「誒？」

自從醒來後從沒說過話的的女孩，從口中傳出銀鈴般可愛的嗓音。

「我……名字，Saji……」

我愣了好一陣子。Ji？

讀音是……紗兒？這發音是……日本人？白髮？

在這島國上會有白色長髮的日本小女孩這是誰想出來的設定啊啊啊！

我再次為了奇妙的命運安排而悲嘆，但仍輕咳了幾聲後繼續問著：

「紗……紗兒嗎？那你幾歲，有照顧妳的親人嗎？」雖然這問題既愚昧又殘酷，但現狀下是十分必要的資訊。

也幸好她似乎聽得懂我的語言，只見她略有疑慮地張開小嘴，努力盡到溝通的義務。

「紗兒……不知道。爸媽……沒有……紗兒，一直都是自己一個人……」

就像是用盡說話的力氣，女孩語畢後陰沉地低下了頭，感覺比起方才還要更容易就會哭出來。

孤兒，嗎。

我頓時鼻酸了起來，同時為眼前的女孩─紗兒的身世，感到憤怒與惆悵。

在「幾天前」的那個時代，不管是任何種類的意外，交通事故、職場疏失、殺人案件等等，拜各領域的科技發展所賜，以及治安問題的改善，其發生率都降了相當多。除了正常的生老病死以外，一般年輕或壯年人的死亡率是很低的。

更何況是父母雙亡、親屬也都去世的案例，幾乎不可能發生。也就是，以紗兒的年齡來說。「無人照顧」的孤兒，是十分罕見的。

極有可能除了孤兒院或公家機關，沒有人願意收養紗兒；又或者──她的父母拋棄了她。是特地為了隱瞞，而大老遠飛到另一個國家，並把她孤伶伶地丟在這裡嗎？還是說，她真的不知道自己的生父生母？

或是，另一種極其危險的可能性……？但那種「東西」真的存在嗎？

我的思考迴路告訴我，現在這些事並不重要，再追問下去也只會令她覺得困擾。

我吞下剛才得知的這些資訊，放下惱人的情緒後試圖伸手安撫紗兒。

「好了，沒事了，紗兒。」我伸手輕觸她的頭頂，本以為她會再度退卻，但小女孩只是身體先震了一下，接著緩緩抬頭看向我。

「大……哥哥，你是誰……？」這早就該問的問題從她的口中冒出。水汪汪的碧藍雙眼帶著流水般清澈的湛藍，就像那朵海藍色的藍薔薇，與我赤紅的單調眼瞳四目相接。

「我叫亞克哦——方舟的那個『Ark』哦。」

「防粥？亞……克……？」她戰戰兢兢地確認著發音。

「對，就是亞克。」我溫柔地摸著她的頭。

「亞……客……亞克！」

「嗯，沒錯唷。」與小孩子對話的不調適感漸漸褪去，小巧可愛的女孩也終於放鬆了下來。「那麼紗兒醬，妳會呃——」

咕嚕嚕嚕嚕嚕嚕嚕嚕嚕嚕嚕嚕嚕。

比我幾天前的慘狀還要悲壯的鳴響，從小女孩小小的肚子發出，紗兒面紅耳赤地抱緊了自己的肚子。

「——我想妳應該餓了吧。」我無奈地結束自己愚蠢的發問。

††

「說是要做點東西吃，但這種時候有什麼可以給小孩子吃的咧……」

我站在未開火的瓦斯爐前，絞盡腦汁思考著人生另一道難題。廚房一角的熱水壺傳出沸騰的嗶啵聲，冉冉蒸氣將窗外的晚霞染上一層霧氣。

紗兒正坐在餐桌的高腳椅上，興致勃勃地看著我翻出來擺了一桌的食材，拿起離她最近的玉米罐頭把玩了起來。

「啊……那個，紗兒，有什麼想吃的嗎？」

突然被我搭話而小小嚇了一跳的女孩，支支吾吾地思索了起來。

「嗯……不、不知道……」就像小學生填錯答案一樣，她沮喪地趴回桌面。

唔哇，我果然還是不擅長應付小孩啊……

「唉，既然如此的話——！」

就拿出自信吧！

我捲起袖口，俐落地抓起一把青蔥，快速地洗淨後擺置於木製的砧板上。然後從刀架抽出切菜刀，二話不說一刀斬斷青蔥白嫩的咽喉。一條條的細蔥不用一眨眼的功夫，便已堆成蔥末的小山丘，再浸一次水、甩乾、倒進碗裡作預備。

接下來我掰開從櫥櫃拿出的鮪魚罐頭，加工魚肉泡在淡黃色的油光之中，呈一副光滑誘人的姿態，實在難以抑制直接一口倒進嘴裡的衝動。

我先是將罐頭裡的魚片全數倒入剛洗過的盆子，接著再依序加入剛剛切好的蔥末、調味粉。

當轉身準備拿下一批材料時，才發現紗兒正向我這邊看得入神。

「怎麼？覺得很有趣嗎？」我笑著問了問紗兒。

「嗯！有趣！紗兒，想試試看！」嬌小的女孩頭頂一小撮呆毛抖了抖，用閃閃發亮的眼神提出了可愛的央求。

「嘛，也不是不能讓妳試試……妳就先在旁邊看邊幫忙吧！」

「好！」紗兒跳下高腳椅，小步小步來到料理檯前，興高采烈地從跟她肩膀一樣高的檯面探出頭來。眼前滿滿的五彩繽紛，似乎讓女孩忘卻了過去幾天以來的痛苦。

太好了，這不是笑得很燦爛嗎？

我嚥下心裡冒出的這句感慨，繼續進行食材的後續作業。

「紗兒，可以麻煩幫我打開妳手裡的玉米罐頭嗎？」我這麼一說，紗兒才發現她不久前把玩的罐頭還在她手裡。

「唔……玉米……？」

「對，放了很──多玉米的罐子哦，就是黃色一粒一粒的。」

「啊！玉蜀黍！紗兒知道……可是，」小女孩非常努力地，用指甲試圖撬開罐頭上凸出的小拉環。「打不開……」

雖然不知道怎麼變鄉土味濃厚的稱呼了，不過我還是忍住了吐槽的衝動。

「那我來教妳吧。」我讓紗兒左手拿著罐頭，並輕輕引導她的右手操作。「像這樣，把拇指壓到罐子上……再用手指頭把拉環慢慢扳起來……嘿咻！看，很簡單吧？」

「哦哦……！」

原本密封的罐頭頂部以拉環為起點，薄薄一層金屬片伴隨順暢的撕裂音，在罐口上剪出大洞後剝落。

此時的紗兒就像看見世界七大奇景一般，發出連連的驚嘆聲。金黃色的玉米田在狹小的罐中空間展開，甜美的香氣在我將玉米粒灑進盆裡的同時溢出。

之後我又陸續將蕃茄切丁、拿出兩顆蛋打進盆中，與其他已經加入的食材攪拌均勻，點綴各種色彩的蛋液就此完成。

再來，先是用火爐加熱平底鍋，並直接把大盆子裡的特製蛋液全數由熱氣奔騰的鍋子中心，以螺旋的方式勻稱地倒進鍋中。因為鮪魚罐頭本身油脂相當足夠，也就不需要再另外加更多植物油煎製。

黃白色的蛋液在紗兒欣喜的注視下慢慢凝固，火焰交纏的鍋爐上，劈哩啪啦的油滋聲開始跳起踢踏舞。待時機成熟後，我大動作地甩鍋，差不多定型的扁平「圓盤」被高高拋起後漂亮地落回鍋中，已經煎熟的一面呈現由紅、綠、白三色點綴的亮麗金黃色。

「哇……！」紗兒發出了大大的讚嘆聲，這嬌小的淑女口水都快流出來了。

「好，差不多可以起鍋了。」

我將看起來已經美味無比的金黃食物剷到盤子上，最後再佐以裝飾用的香料、羅勒葉。為了配合小孩子的口味還另外在一旁附上番茄醬。

煎蛋。大功告成。

只是多加了一些食材、提升飽足感的單純煎蛋，但怎麼光是這樣簡單的工作我就感覺快燃燒殆盡了呢？

「鏘噹！亞克特製『金黃鮪魚三色煎蛋』完成囉！」我以主廚的架式，帥氣地將冒著熱氣的煎蛋端到很自動就定位的紗兒面前。

這小傢伙根本已經迫不及待想開動了。

「哇咿！呃……可以，吃了嗎？」紗兒垂涎三尺的模樣，實在是可愛極了。

我裝模作樣地搖了搖手指。「嘖嘖，在開始吃之前，還要先感謝給妳美食吃的人們哦。」

「那……謝謝廚房！還有，謝謝罐頭！」

嗯……嘛，雖然跟我想的有些出入不過……算了吧。

「還有呢？」

「唔……謝謝亞克！」

紗兒在短暫的沉思後，以最可愛的笑容大聲道謝。此時此刻，彷彿整個房子都因此而染上更鮮明的繽紛色彩。

這就是小孩子的活力能帶來的效果嗎？我無奈地笑了笑，摸摸紗兒還沒仔細梳理過的小腦袋瓜。

「好，可以吃囉。」

「我開動了！」紗兒用拙劣的姿勢抓起叉子，直接叉起一整片煎蛋就此吃了起來。我順手打開另一袋流質糧食，看著這樣帶有反差萌的餐桌一景。

「好吃！」餐桌對面的小女孩露出一臉幸福的滿足笑容。

急就章之下弄出來的食物能得到肯定，我也是寬心了不少。然而紗兒卻遲遲不咬下第二口，就這樣盯著一口口吸著口糧的我。

「嗯?怎麼了嗎？」我停下動作問道。

「……亞克，不吃嗎……？」

「啊，因為今天食材沒有那麼多，就紗兒吃完吧。」

聽到這句話，紗兒懊惱地追問。「可是……」

「沒事沒事，這東西喝起來味道也相當不錯哦！」

「嗚……是、是嗎……」

我編了個小小的謊，好讓紗兒可以繼續安心的填飽肚子。事實上，這沒什麼口感的糧食也很難評價味道好壞。因為……它根本沒特別調味過啊。

只是萬一告訴她這是什麼樣的東西，她恐怕也會發現我傷勢的嚴重性，進而增添不必要的擔憂吧。所以我選擇先隱瞞一陣，至少……這孩子已經經歷這幾天的苦難，唯獨今天一天必須好好讓她休息才行……

我瞄了一眼持續享用著煎蛋的紗兒，一邊想著等等還有哪些事情要處理。首先找找看家裡有沒有小孩子合身的衣服，把她那一身髒髒的連身裙換下來。然後……得帶她好好洗個澡……

慢著，這小傢伙會自己梳洗嗎？

思緒突然遇上了不可抗力的堵塞，我的大腦開始浮現一些危險的畫面。

難不成……我要幫她洗嗎？

「呃……那個，紗兒啊，妳會……自己洗澡嗎？」我姑且試探了一下，由衷盼望她可以回答我心中所想的答案。

「掠食」著已然支離破碎的煎蛋的女孩，先是抬頭望向我，再低頭看了看不再白淨的衣服，然後又抬起眼看著我。

「不會，亞克幫紗兒洗！」紗兒露出純真的笑容，嘴邊還帶著不小心沾上的食物渣渣。

我感覺一陣晴天霹靂擊中我的胸膛，

這孩子毫無防備之心啊啊啊！

「希望不要有警察找上門啊嗚嗚……」

紗兒縮起笑容，一臉困惑地看著不明所以而懊惱的我。

††

「呼……」

我身心俱疲的呼了大大一口氣，在僅剩一盞燈陪伴的廚房內清洗碗盤。

「我剛剛什麼都沒看到。我剛剛什麼都沒看到。什麼都沒看到……」

幫小學年齡的蘿莉擦背洗身體這種事，絕・對・沒有發生過。

「以後先從教她自己一個人洗澡開始吧……」我屏除雜念，試圖往「健全」的方向規劃未來方針。剛剛在不得已的情況下，還是陪小紗兒把身體洗乾淨了。

當然，過程中我都是瞇著眼的。

如果就這樣不管束我的眼睛，一覽無遺的雪白肌膚，可是帶有比武裝無人機還可怕的殺傷力的。

好不容易走出煎熬的關卡後，小紗兒又不願意自己睡一個房間而緊抓著我不放。

我只好先把她放到我的房間，叫她乖乖等我弄完剩下的工作不要亂跑。所幸她或許也已非常疲累，這名乖巧的女孩在躺上床不過一分鐘就沉沉地睡去了。

（等等躡手躡腳安靜地回去吧，然後今天可能要睡地板了。）

我這麼苦笑著，手指停留在附著泡沫的盤子邊緣。

以後，將會持續這樣的生活嗎……？

並不是這樣的生活不好，老實說，能和倖存的人相遇、並拯救到這名孩子，已經是種連高興都來不及的奇蹟。只是，真的沒有其他人了嗎？

做為ＳＣＲＡ前線的情報員，基本上，我們這些人的住處都有一定的能力可以充當緊急避難處，因此會被分配到更多的資源、額外的空間，甚至有權限指定特定科技的研究資格。像是昨天開始正式運作的地下溫室。

因此當大型的災變發生，收容一定量的「難民」，就是我們的責任所在。

然而……

「前提是要能夠救到『人』啊。」

在辛苦的探索後，我唯一能夠「贖罪」的象徵，就只有這名白髮的女孩。

我，究竟能不能持續守護她數個月、數年甚至更久的時間呢？在這樣的災後末日之中，像剛才一樣的小確幸又能持續降臨多久？

我無法保證。

世界上，能預測的東西有很多。但我總覺得做為人類——或是任何智慧生命體，我們「保證」不了任何關於未來的事。這並不像天氣預報、數據趨勢一樣，有明確的素材與指標。

能預期，不代表能證明。因此，要說能保障未來我和紗兒的安全、以及試圖復原人類文明的成功性，這，我實在無法給予保證。畢竟前幾天下來的持續聯絡，還是無法與SCRA的夥伴通訊，甚至接不上外界的無線電。

「只能稍微給自己一點勇氣嗎……」

這還真是令人哭笑不得的結論啊。

以後，還得教會她許許多多關於這個世界的事。

教她讀文寫字、自理生活、生存的技巧，還有可以的話……武器的使用方法。未來的某一天，她必須找到一個自己最適合的武器，以防萬一。

「總之，待會先休息吧。」我擦了擦手，完成洗碗盤的工作。「有什麼樣的規劃明天再來慢慢決……」

噗通——

我突然感到一陣暈眩，晚餐所喝下的口糧像是要逆流回食道，一點點混雜血色的嘔吐物從嘴角流出。

「該死，偏偏這種時候……！」我畏懼地看向腹部，深紅的血染上襯衫，從傷口中心逐漸擴散。止痛藥的藥效早已退去，如地獄烈火般的疼痛感再度襲來。

（可惡，今天身體活動實在太劇烈了嗎……！）

我的額頭冒出大量冷汗，勉強攀住水槽邊緣的右手不敵重力滑落，連帶被掃到的盤子『框啷』的摔碎一地。我重重倒在堅硬的的冰冷地面。

（稍微休息一下……應該沒關係的吧……）

眼神逐漸混濁。

（不，唯獨現在的話……）

四肢癱軟無力。

「紗……」

來不及思考下一步，意識瞬間離我而去。

††

「伊——阿——克——」

是有人在呼喊我的名字嗎？

「快——希——醒——」

好似有兩朵藍薔薇，在我眼前綻放。

「亞——克——」

我緩緩睜開眼，意識不清地轉向側邊，看見哭得唏哩嘩啦的紗兒跪在沙發的邊緣，抓著我不斷搖晃。

「亞、亞克大哥哥你怎麼了？我……我看到你、你倒在地板上，那個……」

「紗兒嗎？沒……沒事了，咳……」我試圖起身，卻引來了劇烈的乾咳。

「這明明就不沒事！」紗兒大聲哭喊。

「別哭啦，只是忘了擦……咳，忘了擦藥而已，不用擔心哦。」

「真的？」大大的眼球泛著淚，等待著我的回答。

「嗯，真的。」我努力擠出笑容回應，紗兒顫抖的肩膀這才慢慢鬆了下來。

我看了一眼四周，現在的我並不是昏迷前倒在地板上的狼狽樣子，而是被好好地安置在沙發上，身體蓋了一層薄被子。我摸了摸腹部，依然會疼。然而，卻有些亂七八糟地貼上了全新的貼布止血，額頭也鋪了一條毛巾降溫。

我下意識地看向敞開房門內的房間。裡頭的藥品櫃被翻得東倒西歪，繃帶在地上拉出一條長長白線，一旁散落著撕下來的膠片碎屑。

（聰明的女孩——）

我內心暗暗感謝眼前這位伶俐的孩子，一邊慶幸傷口沒有再度惡化。我轉回來面對哭啼不停的女孩，略帶嚴厲的責備著。

「不是說，乖乖在房間等就行了嗎？還勞煩你特地治療我……」

「因為……有東西，摔碎了，聲音很大很大……所以紗兒就跑出來看，對不起……」

紗兒難過地低下頭。帶有哭腔的溫柔致歉，讓我反而有些不好意思。

「嘿，不需要說對不起啊……我還必須感謝妳呢，紗兒。」

我盡可能安撫她的情緒，無論如何，不能再讓這孩子看見更多的傷痛。

「吶吶亞克，人會死掉嗎？」

「……」

「亞克，以後會一直，陪紗兒嗎？」緊抓著我襯衫邊緣的女孩，吐出最天真單純的傾訴。

「嗯，不論發生什麼事。」

「會教紗兒更多事情嗎?」

「只要我做得到,我就會盡我所能的教會妳。」

「會讓紗兒……幫忙做飯嗎?」

「如果,那是妳希望的話。」

沒有什麼是我不能答應的。彷彿一切都是為了這一刻、為了與她相遇而活至現今。

「因為紗兒,不知道……不清楚……可是,亞克你救了紗兒,而我……想要知道亞克,更多,不想要……再次孤身一人……」

豆大的眼淚再次由她的眼眶泛出,女孩深切與真誠的哭訴,宣示了不願忍受孤寂的願望。

我顫抖的手輕觸紗兒的臉頰。「嗯,我答應妳,不會讓妳孤單。」

「保證嗎?」碧藍剔透的眼睛看著我。

「……我保證。」

現在,已經不是人能不能保證未來的問題了。

而是此時此刻,我必須立下一個不能打破的「約定」。

我輕聲將紗兒拉近,她則溫順地靠了上來。一股暖流支撐著我的身體,內心也重新盈滿了自信。

至於這個約定的效期，是永久的。

無論末日會是個怎麼樣的世界、無論外頭是否還有希望等待著我追尋、無論將來會面對什麼威脅與考驗……我都會守護紗兒、守護這份約定、守護這個好不容易得到的「奇蹟」。

而可以的話……也試著守望人類文明的未來吧。

直到最後一刻。

【第387週】 廢都

「呿……麻煩死了！」

『碰！』一架「禿鷹型」在我面前被擊落，悲慘地成為廣闊道路上的金屬屍塊。槍管略長的齊亞帕左輪手槍，槍口冒出行刑後的淡淡白煙。我厭世地嘆了口氣，將擊針保險推回後插入右腰的槍套。

「這種要死不死的小無人機，真的很浪費子彈啊……」我一腳踢開冒出火花的機械廢鐵，同時開啟耳邊的通訊器。「紗兒，狀況呢？」

耳機內傳來複數吵雜的聲響。「沒有大礙。」

「敵機數量還有幾個？」

「往前看，你的十一點鐘方向。」紗兒語帶平靜地回報。

「誒？十一點……鐘？」

我有些困惑地往左前方的巷弄看去。霎時，通訊耳機與現實的噪音逐漸重疊，隨著一聲榴彈的爆破聲響，視線不遠處的巷口揚起大批濃煙。

接著彷彿時空凝結一般，身著灰色斗篷的少女以完美的後躍之姿，背對著道路衝出煙幕，就像一名身手矯健的獵手。

應該說，她就是個殺氣極為濃厚的獵人。

紗兒的身子拉著細煙，側身大力一蹬從巷口跳出。此時的她手上拿著的不是自己常用的狙擊槍，而是兩把加長彈匣的格洛克－18全自動手槍。不過半秒，兩架飛行無人機跟著從煙幕中竄出，不懷好意的紅色雷射線捕捉到了紗兒的身影，旋翼下方的微型機關槍驟然抬起，準備再次裝填以消滅眼前脆弱的人類。

然而，這兩個沒有真正大腦的可憐蟲，或許到死前都無法理解在這二打一的對峙局面中，它們才是被當作獵物的一方吧。

「哼——」

只見紗兒沒有絲毫多餘的動作，在一個漂亮的急轉身後，食指勾住手槍扳機護弓，雙槍一個旋轉將同步退出的空彈匣以媲美高速棒球的力道甩出。無人機在她極高的精度操作下被雙雙擊中。本來飛行於空的它們因意外的襲擊而失控自轉，機關槍朝四面八方胡亂掃射。

紗兒在一個翻滾後著地，趁著空檔將雙手下移用槍枝擊打腰間的「按鈕」，兩個備用彈匣立刻彈出到胸前的高度。其後的瞬間，她手上的雙槍以肉眼幾乎無法辨識的速度，快速舉起後朝下狠狠一拉讓彈匣滑入槍體。隨著喀擦一聲，兩把上膛的手槍重新被舉回其主人冷酷的眼神之前，交錯的黑色槍口已經鎖定了它們的餌食。

當掠奪者盯上了它們的獵物，卻殊不知獵物表現出來的弱小，只是深藏不露的偽裝時，獵人和獵物，彼此的腳色當下就會徹底逆轉。

而在這一系列超乎水準的裝填動作後，紗兒不帶絲毫憐憫，以雙槍俠跪地的姿態將短小精悍的恐怖武器對準前方的獵物。才剛從擊暈狀態回復的無人機，失去所有機能與「意識」前的最後景象——

大概只有不帶任何感情、殺向它們的深藍色眼眸，以及無數覆蓋視野的九毫米子彈吧。

紗兒手上的雙槍伴隨一震怒吼，擊發的五十幾顆高速彈殘廢了無人機全身上下，兩架挑錯對手的無人機就此炸裂墜地。紗兒再次換上新的彈匣，將手槍插回後腰的槍套中，並頭也不回地離開「事發」現場。

（講實話，每次看她戰鬥的樣子，真的是怪恐怖的。）

我無奈地吞回心理的低語，走上前迎接完美達成任務的紗兒。

「Nice Job。還真是一如既往地不留情面啊。」她在抬頭看見我後，表情立刻從戰鬥時的冷酷無情，換回天真無邪的少女面容。

「我表現得還可以嗎？」

「嗯，相當有架式呢，根本就是『機器人殺手』啊。」

「欸——亞克又給我取莫名其妙的名字了……」紗兒嘟起了嘴，一臉不服地抗議著。

「好了好了，能擊墜那麼多架，非常厲害了哦。」我發自內心地讚賞。

「嘿嘿～」

我們相視而笑，彼此對於今天的例行巡查成果都相當滿意。

基本上每個月，大概有三、四次的機會，以捷運地鐵段落為路線，我和紗兒都會特別出門「巡邏」。雖然現在的情況來說，外頭的那些AI無人機放著不管倒也無所謂，然而不定期「清理」並了解它們的蹤跡的話，只怕如果有什麼萬一，一夕之間我們就會陷入極為不利的局勢。

因此，就算是冒著生命危險，我們也會偶爾到稍稍危險一點的區域晃一下，順便搜查附近建築剩餘的物資。

「那麼接下來嗎……」我開啟地圖，確認現在的位置和下個目的地。「剩下的時間就去『東區』吧。」

「臺北東區……嗎。那是我們以前還沒特別踏足過的地方吧？」

「沒錯。之前因為那邊未知數實在太多，而且妳也還沒能完全整握武器的使用。所以我也只有簡單的在遠處觀察過而已。」

「現在那裡變成什麼樣子了呢……？」紗兒大概正想像著各種末日的美景。

「這我也不知道，只能去親眼目睹一下了吧。也許那裡早就已經因淹水而變成『水都』了呢。」

「哈哈，如果是那樣倒也挺有趣的。」

「對吧？」我揹好槍，往目的地邁步。紗兒則踏著輕快的腳步跟在我身後。「那事不宜遲，我們出發吧！」

「出發囉！」

我們穿過被植被包圍的破碎建築，長年積水淹上傾倒的捷運空架橋，斷裂的鐵軌刺進清澈鏡面下的泥砂。兩個人的防水靴一左一右濺起漣漪，於斷落的捷運線路陰影下向外擴散。

完全失去熱島效應的十二月冬季，穿梭於空蕩街道的寒風顯得特別冷冽。不過畢竟地域處於副熱帶，再怎麼寒冷的天氣，闊葉植物的綠色外衣依舊覆蓋了灰麻麻的城市表面，就如同我們現在眼前所見如出一轍。

數年前布滿無機質的灰白與無數玻璃帷幕的大都會，如今在人群銷聲匿跡、廣告看板失去色彩後，成為了壯觀的綠色異世界。

「天啊……」我和紗兒走出斷橋之下，不禁為眼前的壯闊景象讚嘆。

「這植物成長的速度和量也太誇張了……！」紗兒的訝異之情溢於言表。

臺北，東區。與其說是一片方格聚落，不如說是被一整條大道貫通的企業公司、商業娛樂集中區。連結四座以上的捷運站，底部直達被稱為「大巨蛋」的展演暨運動中心和首屈一指的文創園區。

原本鋪滿於人行道與南北向支道的行道樹，像是牽線一般將南北兩側公園的綠意，叢叢連接到這一條筆直的頹廢大路。我撥開一些垂掛於斷橋的藤蔓，視野比起方才更加開闊。

抬頭可以看見高樓大片陳舊的玻璃窗，九成的面積都被綠色覆蓋，並且一路延伸到樓頂。有些強韌的植物甚至貪婪地沐浴於頂層的陽光之下，攀上失去流路的廢棄電線，成長為強健的枝枒。縫隙中透出的光芒，照耀著底下一片淺淺的「水鄉澤國」。

整條大道宛如林間隧道，讓人彷彿置身妖精的森之國度。我們繼續在灑盡綠意的穹頂下向前步行，將這或許從來沒有人見過的美景盡收眼底。

「到底怎麼吸收養分精華才能長到這種程度呢……」我為了自己奇怪的疑問而皺起眉頭。

「也許被人潮壓抑太久了？」

「哪有植物在都市汙染消失後飛速發育的啊……」

「生命在脫離某個環境後大幅改變身體特質，這也是有可能的哦？」紗兒開始精確地分析著，嘴角泛起洋洋得意的笑容。

「那某位從破爛廢墟被撿回乾淨亮麗的房子裡後，卻七年沒什麼發育的少女又怎麼說呢？」我壞笑一聲，嘲諷地看向身旁的紗兒。

聽到我的嘲諷，她頭頂的呆毛動了一下，先是往下看了眼自己的胸部，再次抬頭時臉頰已是滿面桃紅。

「你……亞克太過分了啦！」紗兒氣到一副想拔槍斃了我，我這才趕緊收起惡劣的笑容。

「呀抱歉抱歉，我可沒說過小代表不好哦？嗯，紗兒你就維持現在這樣也挺可愛的啊？」

「什……！」原本想出手肘擊我的紗兒更加害臊，面容從桃子的粉色轉變成更深的櫻紅，然後默默地低下頭再也不說話。

真是好打發啊這傢伙。我忽略微妙的罪惡感，繼續試探紗兒的底線。

「而且妳想想，胸大的話容易影響動作，妳狙擊的時候趴著就會不好控制槍線；人長得小小隻的，打帶跑也容易，在這種城市巷弄戰可是很有優勢的，而且，胸部也不會晃……」

啪——！

「好痛！妳打太大力了啦！」

「你再講半個字我把你餵無人機吃。」

已經成為怨世死神的紗兒，散發比剛才戰鬥還要濃烈十倍的殺氣，不由得我再繼續談論胸部大小的差異。我現在只多了臉上紅色的手印，大概算是相當幸運的了。

不然，有可能會被殺死的啊……

我們繼續往騎樓之下安靜地穿梭。意外地，沿途走了大概一公里，沒見到多少無人機，就算有也是早已失去動力、被植株束縛於地的癱瘓機體。但是論機體數來說，還是少得太怪異了……我拋開沒有證據的猜想，繼續看著這樣絕倫的景色。

馬路上大批報廢車輛的縫隙中長出一叢叢的青草，可能因為下水道系統堵塞的緣故，雨後無法排出的積水化作涓涓細流，從頂棚、空橋等高處流淌而下，加入被文明拋棄的道路、以及空空如也的車輛底盤之下。

就算有不少人葬身於這個曾經的人口精華區，牠們的骨骸大概也早就變成土地的養分了吧。

在淡黃的陽光照耀與大自然力量的侵蝕下，整個街道、整個城市帶有一種淒絕而寧靜的美。奄奄一息的廢墟文明，與無法撼動的大自然相互融合。而後者，取代了前者重回故土。

成群的鳥兒自上空飛過，蟲群的奏歌此起彼落。在人類徹底消失後，這片土地原生的住民，奪回了屬於他們的領土。

廢棄的都市、廢棄的國度。荒謬而頹唐的世界。

這樣一個世界，我們在其中度過了七個年頭。

一路上，化為綠色荒野的城市都是如此的生機蓬勃。直到我們來到了一間舊綜合醫院樓下。

剛剛為止感覺起來，不論是高樓大廈或稍矮的平房，其內外都爬滿了深綠色的蔓生植物。唯獨這間醫院不同。靠近大道路十多層樓的外牆依舊植株叢生，然而視線來到一樓破碎的玻璃自動門口，大自然的綠色生命們就像是在懼怕著什麼一樣，畏畏縮縮不敢破門而入，只在門口的周圍突出零散的樹根與青草。

傾倒的「緊急避難所」指示桿上覆蓋著警告布條，給人一種閒人勿近的隔離感。我和紗兒互相點點頭，表情再次轉為準備應戰時的嚴肅。

我將掛在背後的G36步槍移至身前，建築內部所散發的詭異氣場，讓我緊張地吞了吞口水。

（就連面對無人機都不會如此緊張了，這令人緊繃的氣氛到底是……？）

我領著紗兒踏過自動門已被破壞的入口，她也跟我一樣極度警戒地四處環顧。堅硬皮靴踩裂一地的碎玻璃，聲音迴盪空無一人的室內大廳。在逐漸失去自然光照明的情況下，這層樓深處的黑暗透射出格外恐怖的氛圍。

猝不及防地，一個電子器材摔裂的聲響直擊我高速跳動的心臟。

「紗兒——」

「——！」

沒多說話回應，紗兒掏出手槍快速地架到我左側，左手握著加長的戰術短刀，靠上右手腕與手槍併攏。我反射性地拉起突擊步槍，將槍口對準聲音的來源。

我開啟裝在槍體上的手電筒，髒亂不堪的地面在明亮的燈光照射下鋪展開來，隨之迎向前方呈U字形的櫃檯。我比了個手勢，示意紗兒慢速推進。

這時，細小的騷動聲再次從極近的距離傳出！

「嘖——！」

雖然我已經做好開火的預備，然而在確認到底是敵是友，抑或是什麼別的異類之前，不發出任何多餘的聲響是室內戰的不二法則。我的第六感繃緊到極限，就在這詭譎的狀況之下——

『刷。』

一個黑黑的不明物體自櫃臺後方的死角跳出，紗兒悶哼一聲，手槍射線瞬間捕捉到移動中的物體。才正準備要開槍，發現異樣的我立即喊道：

「紗兒，等——」我用左手壓下她的槍口，馬上就被阻止的紗兒不解地看了我一眼。

「妳仔細看。」

「那是？」

棕黑色的毛茸茸小生物。

「是松鼠啊……」紗兒吐了口氣，這才放鬆握緊武器的力道。

「這小傢伙還真會嚇人……」我無可奈何地鬆了口氣，望著造成方才恐怖記憶的罪魁禍首。

一臉無害的松鼠蹲在剛剛摔落的室內電話旁，搔著頭表達牠的無辜。不久之後大概厭煩於兩個人類一直盯著牠看，一聲不吭就快跑穿過我們溜回外面的綠色世界了。

「唉，哪天我如果真的死了，搞不好是被亂跑的動物嚇死的也說不定。」

「亞克別講這種不吉利的……」

「不不，這還真的有可能啊。」想起以前的電玩遊戲，明明打魔王級的機器人都輕而易舉，卻會在路上被一隻麋鹿撞死，有夠悲慘的。

這時，我才注意到紗兒不對勁的斷句，轉頭一看，發現紗兒雙眼睜得老大，驚恐地盯著前方。

「紗兒，怎麼了……」我跟著他的視線看去，稍稍抬起的手電筒光線照上略遠的右前方空間。堆積成山的東西占滿我的視線。

屍骸。

幾十具老早就腐壞、風化的人體屍骸，被堆成幾乎快碰到天花板的小山丘。我戒慎恐懼的退了一步，目睹著這難以直視的血腥慘狀。紗兒摀住嘴角忍著淚水，試著不要因為噁心的景象而反胃到嘔吐。屍體這種東西，其實早就看多了。可是堆成這副德行、無法立即分辨性別年齡的屍山，實在不是看到會開心的景象。

而且，眼前這些已經不在人世的空殼，絕不是在「大災變」那天被殺死的。我忍著胃部強烈的翻攪感湊上前看，骨骸上部分還黏著乾裂的屍塊，地板上甚至有……液體……乾涸的痕跡。從形體來判斷，也應該都是以男性為主吧。

然而最令我在意的是，這堆屍山中所呈現出來的慘狀。「相對新鮮」。亦即時間特徵上，明顯和之前看到的許多骨骸不同。就算我不是會驗屍的法醫，根據經驗也能推算個大概。

這些「罹難者」，絕對沒有死了六、七年那麼久。

清一色男性、被聚集成屍堆、真正死亡不超過兩、三年……

「紗兒，我們到樓上看一下。」我察覺事有蹊蹺，以警覺的意味呼喚紗兒。

「啊……嗯，好的。」剛從驚恐中回神的紗兒，有些緊張地跟上我的腳步。

我抱持著不怎麼樂觀的危險推論，走上堆滿雜物、用來阻擋人前進的樓梯。

（如果……真是這樣的話，還有機會嗎？）

極為渺小且不穩定的期望與不安在心裡滋生。我將突擊步槍掛回後背，拿出左輪手槍並雙手朝下握緊。這麼狹窄的空間，用過大的武器反而會搞得自己進退兩難。

紗兒雖然有些害怕地抓著我的外套衣角，不過還是努力地維持鎮定戒備後方。一階，一階，一階……每跨越一級階梯，焦躁的情緒就愈發強烈。然而，我依然不願對那唯一的希望心死。

我們倆翻過最後用來當作障礙物的辦公桌，踏進二樓的候診室大廳。

接下來，我內心那一小撮的期望，被膨脹的絕望徹底捻熄。

我以為，這樣的末世，不會再有什麼讓我驚訝。無論看遍多少遺跡、屍體，我都不會再特別動搖。

但是，眼前龐大的絕望，壓迫著我全身上下所有神經。

晚了一步走近的紗兒，雙瞳再次瞪大，不敢置信地看著二樓的這副情景。

「這是……什麼鬼……？」

一排排等候用的座椅被推倒至牆壁角落，中間讓出的空間地板上，躺了數具屍骸。「新鮮」的程度比起方才樓下那一堆的小山還要更甚。

他們身上造成致命一擊的傷口，無非都是割喉的一刀斷氣，或處決式的彈孔痕跡。然後……

碩大的空間之中，天花板向下垂吊著幾百具死屍，空洞而詭異的搖晃著。

群體自殺。

只要是人都會想試圖在絕境之中活下來。這是本能，也是慾望，更是一種奢求。而當絕望填滿了內心、當終於理解活著不過是種奢侈後……人就會逃避。靜靜地等待死亡，抑或是……自我了斷。

想必樓下那些男性的屍骸，都是努力為了上幾層樓的人們而奮戰到底的英雄吧。堆積成那種樣貌，可能是活下來的人們最卑微的弔唁，也或許是ＡＩ無人機的殺雞儆猴。

這，我不知道，也不想知道。

然後，在覺得再也擋不住無窮無盡的惡意攻勢、抑或是資源用罄後，真正無可挽救的絕境就到來了。

「不……」我們倆幾乎無法動彈，在這充斥著死亡的空間，巨大無比的壓迫感根本非凡人所能承受。

（他們究竟堅守了多久呢？三年？四年？還是直到最近才終於放棄？）

面對人類曾經苟延殘喘直到最後一刻的痕跡，我不寒而慄，腦袋已經無法正確地計算死亡時間之類的資訊。紗兒雙膝跪地，有如畏寒似地雙手抱住身體，超出負荷的顫慄景象使她連哭都哭不出聲。

這些人——數百名、又或如果建築上層還有更多的話，數千名無援無助的人類，在這個空間之中等候了好幾年、努力存活了數個年頭。

然而，沒有人趕來救援、沒有任何一絲其他的生機。僥倖活下來、坐擁大批資源的我，沒有注意到這群需要救助的人們。

七年前的事變後，在傷勢還沒全然復原的的情況下，我曾到許多地方嘗試搜救。唯獨這一區，因為實在太多無人機、災害情況太過於嚴重，因此考量到自身安全，我沒有深入這邊搜索過。

考量到自・身・安・全。

「……呵。」我毫無感情的笑了一聲。此時的眼神已經失去光彩，空洞正如一具沒有生命的活死人。

啊啊，那時可是人命關天啊。而我，卻不管他人的死活。

紗兒注意到我的異樣，盡力將視線移開那些冰冷而噁心的軀體後呼喚我。

「亞……克……？」

「我們回去吧。」

「亞克，你……還好吧？」

「回去了。」

我拖著沉重的腳步折回下層樓梯，紗而見我毫無反應，只好也默默跟著跨步離開。

離開這個再也不會來的鬼地方。

††

我回到自己的住所，粗暴地將武器重摔到地上，獨自站在根本沒開燈的房間之中雙拳緊握。紗兒倚在房間的門口前，憂心忡忡地看著面前摸不透的背影。

「亞克……」紗兒輕聲叫喚。

「……」

「你……嗯……」

「——妳不用去休息嗎。」我冷冷回道。

「呃，我……不用……現在不重要，你，還好吧……？」

「……」

紗兒無語了一陣，接著說道：「聽著，剛剛那些……並不是亞克的錯，從來都不是。」

「但是我本來可以救他們。」

「沒有人可以拯救所有人，亞克。你……不必拯救所有人。」

我冷漠地複誦。「我本來做得到。」

「你不必……亞克——你說過，我們只做最低限度的救援。」

「我知道。而我也知道那裡會有人。」

「不，你原本不知道，你只是……猜測。」紗兒持續著彆扭的固執。

「我猜到了，卻從來都見死不救。」

「那並不是亞克的責任啊——！」

「我有數年的機會，然而，他們還是死了！」

手指甲刺進血肉，不願放開的拳頭滴下溫熱的血液。

「亞克已經盡力了，就算我們當時也很難救到……」

「他們全部的人都死了啊——！」

「亞克——！」

我聲嘶力竭地大吼，紗兒不顧一切地從背後緊緊貼上我，淚珠從她的眼中滑落我陳舊的外套。

「夠了，亞克……已經夠了……」

「每個人……都死了啊……！」

「不要再說了！已經，不要……」

同樣的淚水自我的雙頰留下。我重重地坐上床尾，雙手把整張臉摀住痛哭。被微微推開的紗兒眼角泛著淚，不知所措的抽泣著。

「當時的那些夥伴們……之後等待救援的人們……我一個，都救不到……」

「——那是……沒辦法的，人總是有極限的……」

紗兒慢慢地靠近我，同樣坐下到我身旁的床尾。

「琴羽、維特……大家都不在了，這裡的所有人……也全都消失了……！」

突然，紗兒輕輕地將我的身體摟進懷中，側身倒進柔軟的床鋪。

「已經沒事了哦——亞克。」

我像個幼童一樣哭泣著。

「沒事了，已經沒事了。」她緊緊將雙臂環繞我的頭部，任憑我靠在她的胸口難看地哭泣。

「亞克不用再因為救不到人而傷心了……不需要，為了某人的死亡而難過……因為啊，亞克，在那時，不是救了我嗎？」

我持續小聲的啜泣，在我無言哭訴的同時，溫柔的少女也繼續訴說著她的記憶。

「亞克，已經做得很好了哦。你試著守護人類的文明、試著挽救任何一絲的可能。就算沒有救到其他人，但是我……被你從廢墟中拉起，而這麼多年以來，我都成功地被亞克所守護著哦……」

「——對不起，我的能力……我實在還遠遠不夠……」

想拯救所有人。這只是我的一廂情願。

「不，亞克你不用再自責囉。因為……還有我陪著你啊。」

「……紗兒……」

「我們……不是約定過的嗎？不會再讓任何一方孤單……如果亞克又一時衝動去送死的話，那樣，亞克就破壞約定囉……」

我在溫暖的懷抱中喘息，慢慢止住不斷落下的淚水。

「紗兒，我……該怎麼辦？」

「只要是亞克所期望的，我願意一輩子陪在你身邊。但是，要遵守約定。」

「如果……我死了，那是不是就打破約定了？」

「嗯。亞克如果不在了，那就是打破約定的大壞蛋。」紗兒輕輕地笑著，說道：「可是我知道，亞克是不會死的。而我……也不會死。」

「妳怎麼知道……妳不會死？」

「因為亞克你保證過，你會永遠守護我。而我也保證過，我會……永遠在你身邊。」

我依然止不住自我的懷疑。「保證過的……嗎？」

「保證過哦。」

「……」

我深深地吸一口氣，隨後吐出顫抖的喘息。情感的色彩逐漸流回意識之中，我終於慢慢開始冷靜下來。

「……抱歉，紗兒。」

「沒事的。」

或許，拯救世界確實是小孩子的一廂情願吧。

即便如此，我卻還是想試著去拯救。

面前少女碧藍的雙眼，帶著各式各樣的感情向我投射而來。在皎潔的月光之下，宛若女神——就像母親一樣慈祥而溫和。

將我擁入懷中的少女告訴過我，她不想孤單一人。而我承諾過她，我會一直守護她直到世界的盡頭。

所以在拯救這個世界，拯救人類文明之前……我先努力維繫好這份「約定」吧。

「抱歉，紗兒。再讓我……沉靜一會兒。」

「沒關係，就好好躺著吧。我在這邊陪你。」

「謝謝……」

我重新將頭埋入紗兒的懷抱中，而她也靜靜地靠著我。飄散的雪白長髮散發出少女的芳香，冷卻了我雜亂的心靈。

此時此刻，就別再想其他的事情了。痛苦的回憶……必須盡情地忘卻。

【時間?明】 塵砂

我曾憧憬著拯救世界的英雄。

在自己出生的那個年代，英雄電影充斥著大銀幕市場，小說、漫畫天天上演著勇者打倒惡魔的王道故事。有善良而正義感十足的正統英雄、有為了自己的正確而戰的反英雄；有的英雄為了愛人而挺身而出、有的英雄為了全世界的幸福而不斷奮鬥。

在那當中，某些不惜一切的英雄最後犧牲了；在那之中，某些至死不渝的英雄最終活下來了。有些世界成功被守護了、有些世界依然毀滅了。

而有些英雄，不再是英雄。

自幼年時期，我的家境就不富裕。母親很早就去了遙遠的另一個國度，由父親獨自以公務員的單薄薪水扛起家計。人類的超高速發展，並不會讓所有人都變得有錢。貧者依然窮困、富者依然強勢。但是，父親還是常常帶我去看這些英雄電影、買一些英雄奇幻故事回來閱讀。他從不要求我成為什麼樣的人，不會嘮嘮叨叨要我賺大錢、要我學醫學電機工程。從小到大，他都只告訴我一句話：

「成就自己內心中的那個英雄。」

他說，沒有英雄一開始就強力無比。很多英雄、勇者、傳奇的原初起源，都是意料之外的、順勢而生的。要不要成為英雄，不是與生俱來，而是自己的抉擇。

所以他教導我相信自己所認為正確的事物，為了自己理想的目標而奮鬥、學習。不要成為別人的什麼人，而是成為自己想成為的那個人。

不久之後，第四次世界大戰爆發。

那年，在我準備滿十五歲幾個月前，他因病去世了。

之後我將自己關在家裡整整一個禮拜。我們沒什麼親戚，所以沒有人前來憑弔、沒有人懷念這位已經不在世的男人。我周遭的世界，再次只剩冰冷冷的空氣，以及他所遺留的「理想」。

難道，英雄都該是孤獨的嗎?還是說我根本不夠格成為「英雄」呢?

在生活失去依靠後，我有很長一段時間都自閉地思考著這些愚蠢的問題。直到一個我從來沒聽過的組織，開著黑色的高級轎車來到我家門前。

他們，自稱SCRA。

聽說是為了預防災害什麼的而成立的機構。而這些人找上我的理由，似乎並不是為了我辛苦習來的跳級學位、或是為了幫助我窮苦的生計。當時，一名自稱是「局長」的淺灰短髮女性純粹只問了我這麼一句話：

「你有想守護的人、有想拯救的世界嗎？」

戰戰兢兢的我，不太理解為何如此提問。只好選擇一個相對安全的回答。

「我……只是想成為我自己想成為的人。拯救世界什麼的，我也不清楚……」

短髮女性似乎輕輕笑了一下，從原本的嚴肅轉變為柔和的微笑。她的眼神彷彿已經讀透了我的心思，白皙卻藏不住舊日傷痕的手臂就像在邀請著我一般，果斷而毫無虛偽地朝我伸來。

「那麼，你想成為英雄嗎？」

††

「我說亞克，待會午餐要吃什麼啊？」

「不要每次都把決定權給我啊，超有壓力的好嗎。」

我和維特分別坐在情報與分析課辦公室的兩角，慵懶地向不會說話的電腦輸入前幾天所蒐集的資料。維特是和我同期進入SCRA的少年，後來又因為優異的表現而被同時指派進了「第一指揮組」，就這樣繼續奇妙的孽緣。

維特依然不願接下這天大的議題。「我有選擇困難症。」

我轉了一下胳膊，有氣無力的答道：「不然吃附近那家新開的法式料理？」

「只是個午休吃那麼高級的東西，你是錢沒地方花是不是？」

「外面可都是美軍無人機啊，我可不想走太遠吃飯。不然你來決定啊。」

我翹起腳，等待這有選擇障礙的傢伙回話。

「呃……」

「看吧，你不也不知道有什麼好吃的，唉。」

「誰……誰叫我們每次都會卡在這種問題上嘛！」維特忿忿不平地說著，為了掩飾自己的不悅而咬著新買沒多久的原子筆。

「啊……你們兩個，不、不要吵架啦……」

倒楣地被夾在我們倆座位之間，與維特同樣是分析員的小雪，小聲地斥責兩個小屁孩又開始為了「吃什麼」而爭吵的行為。她慌張地在我們之間看來看去，欲哭無淚的表情就像說著「誰快來阻止這兩個傢伙」，不知所措的求助著。

「抱歉啦，小雪，又吵到妳了。」拿這種表情沒辦法，我稍微坐正，恭敬而儀容端正地說了對不起。

怎料聽到我誠摯地向她道歉，小雪從「驚慌失措」變成「害羞的驚慌失措」，臉頰紅成一片開始瘋狂搖頭。

「不不不不會，下下下……下次不要再這樣就就就好了……」這位像人偶一般小隻的少女看起來就像頭殼蹦出了煙，整個人有點神魂顛倒的搖動著，原本戴得方正的眼鏡也完全垮了下來。

維特咋舌了一聲。「不要沒事亂撩妹啊，局裡多少女生都快被你給迷住了。」

「我可從不記得我有特別去搭訕別人。」

「那是你自己根本沒意識到啦！」

在此同時，辦公室的門的小力推開，走進來的人看見的情景，是兩個青年你一句我一句的吵架，中間的少女則像靈魂出竅一樣失了神。

進房的人影嘆了口氣，靠在門邊清了清喉嚨。

「咳——哼！」

「噫——」我們異口同聲地嚇了一跳。

一個絕非善類的眼神向我們螫來，小組的「決議長」——琴羽站在門口，光是氣勢就阻止了我們的鬥嘴。

「各位，吵架可不能解決事情。」

「抱……抱歉啊，組長。」維特只有這時特別安分，有點不情願地撇開頭。

琴羽又嘆了一聲，然後惡狠狠地盯向我。雖然這件事大概不是我的錯，看在我和她的關係上或許也不會挨罵不過……

呃，我想我還是不要說話好了。

我裝作什麼都不知情的樣子，慢慢將臉移回電腦螢幕前，小雪則是大大地鬆了口氣。頓時，辦公室瀰漫一股怪尷尬的氣氛。

而就在此刻，另一個稍嫌矮小的人影從琴羽身後冒出。

「呀吼！大家午──安，我們要去吃什麼呢？」

「「席奈──！」」

「呃啊……」進門前完全沒看懂氣氛的席奈，被眾人的氣勢嚇退了兩步。這名年紀甚至比我小一歲的少年是戰時對應課的成員，也是特種作戰單位的菁英。因為靈活的臨機應變能力與敏捷的身手，而被招募進第一線的實戰部隊。

不過身手矯健歸矯健，不懂得讀氣氛也是個大問題啊。

「我說你啊，」首當其衝的琴羽揉著太陽穴。「別每次一進來就大呼小叫的，人家小雪多可憐。」

「那個……我沒事的，不、不用擔心我。」小雪一如往常地害羞答道。
「既然你對吃飯那麼興奮，那乾脆午餐你來決定好了。」我惡毒地補了一刀。
席奈受到了刺激，不甘示弱的回應：「好樣的，亞克，那我說吃什麼你都不要後悔哦！」
「放馬過來，我這人可是不挑食的。」我從容地接受挑戰。
「那麼……就吃那家泰國榴槤炒飯啦！」
「——拜託不要啊啊啊！」
發出慘叫的不是我，而是面露難色的維特。
「我真的超——討厭榴槤味的好嗎！」
聽到這麼一句話，我、席奈以及琴羽互看一眼，三人深不可測的笑容在暗處達成了某種共識。
「嗯，那就決定是榴槤炒飯了呢。」琴羽撥了撥及肩的黑髮。
「去吃泰國菜吧。」席奈雙手向後攤，嘲諷地說著。
「決定了呢。」我輕描淡寫地跟上他們的發言。
「什……」被多數暴力擊垮的維特，再次發出了慘叫。「為什麼啊嗚嗚嗚！」
「誒……誒？誒誒誒？」小雪有點似懂非懂，滿臉疑惑繼續看著眼前的「霸凌」戲碼。

我們幾個始作俑者一同笑了出來，辦公室沉浸在一種既難過又爆笑的日常氛圍之中。

……多年後翻著電腦裡的影像，憶起了那段時光的種種。我感慨的苦笑。

是的，這就是我們，ＳＣＲＡ最前線「英雄」們。「第一指揮組」的日常。

而當時被快樂所蒙蔽雙眼的我們，並不知道在一年之後，這樣的日常……

會隨著一場意外而一去不復返。

††

時值春季，屋外的景色從寒凍中解放，淡淡的花香在空氣中釋出輕柔的旋律。在大災變兩年過後，大自然不斷的新陳代謝，清洗了逐漸失去文明樣貌的城市。雨水沖淡了災難的硝煙、東風帶走了亡命的氣息。

現在，化為廢墟的都市正重新被時間所洗滌。我悠哉地躺在沙發上睡午覺，想要享受這寧靜而平和的午後。可惜，上天曾賜予了我奇蹟般的禮物，卻也降下了惡魔的制裁。

少女在木質地板上蹦蹦跳跳的聲響，用比劇院環繞音響還要恐怖的程度，迴盪整間屋子。

「紗兒，有說過在屋子裡不要跑跳……」睡意被打消的我，撐著身子坐起來。

「亞克你看，我找到一條很漂亮的布！」

「……啥？」

十二歲的紗兒小跑著進入客廳，手上拿著一條中等大小的絲巾。她小步來到我面前，舉起雙手將絲巾整面攤開。

那是一條有著亮黃色緞面，光澤鮮明的絲綢製長布巾。我摸了摸布料的質感，觸感十分滑順，而且既柔軟又纖細，完全不帶一絲廉價品的感覺。紗兒似乎對這塊「布」相當中意，興高采烈地高舉著它。

印象中不記得我有過這種東西……啊，對了，好像是很久以前，因為很漂亮，就從商場買來的東西吧。

奇怪，它不是收在抽屜裡沒拿出來過嗎？

「紗兒……」我語調不帶情感，反而夾雜一絲恐怖襲向紗兒

「是……？」她驚覺事態不妙，但，已經來不及了。

原本就比紗兒高大的我，從午睡用的沙發上起身，換掉一臉的睡意，擺出惡魔一般的姿勢向下看著瑟瑟發抖的少女。

「妳，進我房間了對吧？」
「是、是的……」
「在我沒同意的情況下？」
「咿！是、是的……」發覺自己完蛋了的小女孩面露驚恐。
「那妳就應該知道等待著妳的……」我讓指節發出喀啦喀啦的聲響。「是什麼懲罰了吧？」
「哈哇哇哇哇……」
扮演惡魔的我長開雙臂，以電光都有所不及的速度攻擊紗兒的側腹，手指隔著一層薄薄的連身裙不斷刺進軟軟的肌膚。紗兒翻倒在地，被瘋狂搔著癢的她已經止不住淚腺，天然而晴澈的笑聲取代午後的寧靜迴繞客廳。
「嘿！看招！」
「亞克哈哈好癢哈哈哈哈——」
一名男子把國中年齡的女孩撲倒然後不停地搔她癢，嗯，真是悠閒而和樂融融的下午時光呢。
過了一會兒，笑聲終於止息，我和紗兒肩靠著肩，氣喘吁吁地靠在沙發椅背上稍作休息。
「哈……哈……亞克每次都這樣玩，我會死掉的……」紗兒含著淚笑道。

「小姐，妳該意識到……剛剛的發言，很糟糕哦。」
「嘻嘻……」
我看了一眼掉在地上的絲巾，伸手將它撿起並拍了拍上頭的灰塵。
「所以，妳喜歡這東西囉？」我側頭問著紗兒。
「嗯，我覺得這塊布很漂亮！」
「嘛，確實質感相當不錯呢。還有，這是絲巾，不是什麼便宜的布啦。」
「知道！學起來了！」紗兒邊說這句話的同時，擺了個隨意的敬禮動作。
我放心的揚起笑容，想了一下：「如果妳想要的話，就給妳吧。」
「誒？真的嗎？」紗兒抬起大大的眼珠，藏不住喜悅的感情。
「如果你能保證好好愛惜它的話。」
「會！我會好好愛護這塊布！」紗兒二話不說地答應。
「是絲巾……真是的。來，就送妳吧。」
「哇！謝謝亞克！」
「啊，妳稍等一下哦。」我整理了一下黃絲巾上的皺褶，要紗兒轉身過去。
我撥開她背後的秀髮，將黃絲巾環繞於她的脖子，輕輕地打了個結。確定不會太緊導致紗兒不舒服後，我又調了調絲巾打結的方向，而嬌小的少女驚喜地看著繫在她脖子上的漂亮禮物。

「ＯＫ！這樣就行了。」我滿意地看著自己的「傑作」。

「哦……！」紗兒看著自己身上的新飾品，然後又向我盯了一會兒。

「這樣，紗兒就跟亞克一樣有『英雄的象徵』了！」她笑嘻嘻的說著。

「英雄的……啊，妳是說這個嗎。」我碰了碰自己紅色的陳舊脖圍。

通常在外出或是作戰時，我都會戴著這個脖圍。雖然除了防寒以外沒什麼實際作用，不過這常讓我在執勤或作戰時安心不少。

可能是以前某次隨便瞎掰了這是「英雄的證明」，總之，紗兒大概認為脖子上圍塊布有著護身符的功用吧。

我無奈地笑了笑，伸出手摸摸紗兒一片雪白的頭頂。「沒有錯哦，從現在起，紗兒也是了不起的英雄了呢！」

「我要成為，和亞克一樣的英雄勇者！」少女天真無邪地答道。

成就自己內心中的那個英雄吧，亞克。

父親的低語，隨著紗兒的回答重疊於我的耳際。我感觸良深地地碰了碰紗兒脖子上的黃絲巾，紗兒則把頭蹭到我的手腕上。柔順的質感與少女的溫度，透過金黃色的信物傳遍我的身體。

我曾憧憬著拯救世界的英雄。

而後，我試圖成為一名自己的英雄。

雖然最終，我沒有拯救到這個世界。但是父親，還有第一組的大家……我找到值得我守護的事物了。

也許未來某一天，我會繼續試著拯救世界，不過首先……我只會做自己，還有她的英雄。

我曾夢想成為英雄。

如今，我必須成為「那個英雄」。

【第391週】日出

「所以說——」我叉起一塊魚，從盤子送入口中，煎得酥脆的肉香在我的舌尖散開。「狙擊的效率不管怎麼說都比我衝進去送子彈還要好，一開始由紗兒妳來負責攻擊就好啦。」

紗兒用叉子戳了戳軟嫩的魚塊，油香四溢的汁液從白色的魚肉縫隙中流下。接著她又繼續玩弄無生命的可憐魚，一邊反駁道：「可是萬一第一發失手了，後果是很慘烈的哦？那果然還是用亞克最擅長的打帶跑比較好。」

「我們所謂的『打帶跑』不是什麼帥氣的邊打邊跑，而是『被敵人圍毆所以不得不逃跑』的意思啦。」

「反正亞克又死不了。」紗兒嘟起小嘴。

「不不這戰術總有一天會搞死我的好嗎……」

夜幕低垂。我和紗兒兩人坐在廚房的餐桌前，討論著有關「行動」的細節。今天的「佳餚」有以鮪魚罐頭的油煎出來的鯽魚、生菜番茄鮪魚沙拉、自種自採的水煮馬鈴薯，還有——不管何時何地都十分美味，一杯清涼的水。

為了省電，所以只有在桌角夾了一盞LED燈，外加餐桌正中央一柱小小的蠟燭。又少又照角頗低的光線，讓餐盤與水杯都拉出長長的影子。掛在牆上的時鐘靜靜地滴答作響，窗外遠處傳來了貓頭鷹的嗚嗚。

雖然整個室內相當昏暗，但搖曳不定的燭光在我們兩個之間溫暖地閃爍著，反而顯得有些浪漫。

雖然現在餐桌上兩人的話題，不怎麼有情調就是了。

我慢慢咀嚼已經陷入齒間的魚肉，一邊看著餐桌正對面，終於把分屍的魚塊送進口中的少女。紗兒看起來悶悶不樂，眼睛不斷朝我看來，之後又再度放回快吃完的餐盤。若有所思的表情似乎想說什麼卻又說不出口，只好繼續吃著盤中剩下的食物。

我大概猜出了她的心思，將已經嚼得軟爛的肉塊嚥下後開口。

「妳，還在擔心嗎？」

「……是啊，有一點。」紗兒放下餐具，沉重地說道。

雖然心裡有底，但我依然問道：「擔心什麼？」

「擔心這一次……我們之後的生活會不會……不，我們能不能成功。」

紗兒語帶保留，在思考一陣後直直看著我，憂心忡忡的神情倒映在她的瞳孔之中。我也知道她在擔心的究竟是什麼，只是，我不想表現得太過於負面。

「能不能成功……嗎。」我將手肘放到桌上，雙手撐住下巴，視線往漆黑的窗外飄去。

在一周後，我將執行長年來一直在策畫著的——「討回行動」。這個行動代號單純的作戰，其內容也相當簡單：從舊ＳＣＲＡ總部中，奪回主導權。

然而，嘴上說來容易，實際上要達成目的，可以說是比登天還難上千萬倍。紗兒當然也不是突然之間才知道這件事，在很早以前，我就和她提過這個作戰構想。只是，當實行的這天終將到來，她大概還不太願意接受吧。

畢竟，維持現在的生活直到永遠——這是我們兩人共同的願望與約定。

不過有時候，該做的事情還是得去完成。

數周前，我從住處附近的高樓監視舊ＳＣＲＡ總部——也就是松山機場一帶，並發現了大量ＡＩ無人機聚集在總部大樓的外圍。建築內部亦有許多小型機種移動的跡象。

可以說，那裡已經成為了無人機的「巢穴」。也因此終於得以解釋，為何之前附近的無人機愈來愈少的現象會發生：大概整個城市的無人機，都往那個方向靠攏了吧。

原本的總部大樓，坐落在機場的南方，呈兩個四十層樓高的碩大長方體並行的結構，中間每隔五層以天橋連接。最頂端則宛若一顆巨大無比的保齡球，卡在兩個長方體建築之間。旁邊的空地則規矩地排列著大小不一的專用倉庫，因為機構設立的目的與任務需求，甚至有地下與陸上專用道，可以直接通往機場的專用跑道與機庫。

就算在那樣高速科技化的時代，占地面積甚至能與大型足球場比擬的「特災局」，依然可謂那一帶最廣最高、威風無比的建築群。

假設可以單憑記憶中的路線攻入建築，那還不算太難，畢竟我在那裡也是待過三年之久。但在這幾天進一步的觀察後，很可惜，現在的總部，根本已經成了與印象中大相逕庭、戒備森嚴的無敵要塞。

將視線轉回餐桌，我說：「先不論最後是否能成功，」我從口袋掏出三顆金屬製的小圓球，在餐桌清出一小塊空間後將小圓球骰到桌上。

「至少，可以成功實行並突入的機率不為零。」

小小的金屬圓球滾動於桌上，接著就像被磁盤吸住一樣，三顆金屬球在自轉晃動一陣後，牢牢釘在木質桌面上，相互三角成形固定著。接著，炫目的淺藍色光芒自球體的表面放出，三個角落所放射出來的光線，在三角形正中央上方的位置構成了明亮的3D全息影像。

這是以前為了任務簡報方便，因而請託技術部門研發的小產品——「攜帶型點式全息影像儀」。

我同時敲敲耳邊的投影顯示器，將過往利用全景攝像所拍下的資訊，移到視窗中並同步至全息影像儀的資料庫。

本無特定型體的散亂全息影像在接收資料後，裡頭的光點收束，組織成了建物群高矮不一的形體。其中一顆金屬球上的燈號顯示這是個可以彈性縮放的高自由度影像。

「這東西還真是不可思議呢……」紗兒看著這一連串的操作，不禁小小讚嘆了一番。

「局裡的黑科技，可不是隨便說說的。」我自信地答道。「總之，妳先看看這個地方。」

紗兒把頭湊了過來，我將全息影像轉動到正面，並拉近舊總部建築的立體視圖。她輕輕點了兩下眼前的全息光點，建築表面馬上被局部放大，呈現一個塊狀切面浮動展示在空氣中。

「這是……天啊，亞克，你以前給我看過的總部照片，應該不是長這樣的吧？」

「嗯，確實沒錯。人類……應該說當時建造這棟大樓時，不可能有這樣的技術水平。」我搔搔頭，觸摸桌面上的小圓球側面，將影像調成更加清楚的亮度。

「那既然沒有那種技術水平的話，又是……誰做的呢？」紗兒語帶不安，戰戰兢兢地拋出了疑問。

我同樣露出了不甚歡喜的神情，緊緊盯著全息影像。「能做到且唯一有可能的……也就只有『它們』了吧。」

在我們眼前所呈現的駭人景象，是原本光滑平整、現在已然破碎的建築玻璃表面，以及——從各處「長」出的、絕非建物原始材料的機械體。而這些金屬機械結合的構造，就像藤蔓一樣，大量地覆蓋在建築群之上，讓原來端正的總部設施，變成了形狀驚悚卻又令人生畏的奇異堡壘。

『機械再生。』

雖然我個人不願意承認這種怪力亂神的現象，然而在科學技術理論下，並非不可能。

二〇二〇年代後的ＡＩ無人機，並不單單只是搭載了人工智慧的機器。

為了讓它們能像生物一樣更靈巧的活動，創造這些怪物的人類便在它們的結構中注入了『奈米機械反應素』——某種能透過電子訊號與「素體」的形狀來變換型態，甚至改變材料本身的高密度物質。

而那些互相連接的無人機群，似乎就是利用反應素本身「吞噬」與「再構成」的特性，不斷地不斷地「增殖」。

最後，黑色的金屬怪物從裡到外占據了整個總部。

「就是說，這些無人機利用機械再生而創造了如此的結構。說老實話，我還滿佩服這龐然大物的。」

「可是這麼一來，想要攻入這個設施不就難上加難了嗎？」紗兒言下之意，就是我給她看這景象，絲毫沒有更多說服力能讓人相信計畫會成功。

我聳聳肩，不否認她的質問。「確實如此，不過別急，小Y頭。」我將影像縮放回原本大小，操作影像轉到另一個方位。光點散開又收縮，最後放大到可以清晰看見總部西面側門的景象。

「我們從這個入口外面開始推進，」我指著全息影像所顯示，建築物外側的一片空地。「這裡的守備比較鬆散，同時因為原本旁邊的大樓崩塌了，所以那裡的廢墟堆也容易躲藏。」

「可是守備再怎麼鬆散，無人機的數量還是不少吧？」

「嗯。」我點點頭。「所以我們不用打帶跑游擊戰，我們要用『那一招』。」

一下子還抓不到要點的紗兒，在思考幾秒後眼神頓時死了半片。

「你是指……很快又很危險的『那一招』吧……」

「沒錯！不愧是紗兒！」我打了個響指表示正確。

「唔……好不想用亞克的那招啊……」

「畢竟旁邊大樓崩塌雖然多了一些阻礙物，不過也幫我們清出了一條筆直通向入口的路啊。」

紗兒持續捏著眉頭，看起來百般不情願地聽著我的描述。

「好吧，」紗兒嘆了口氣。「反正我還暫時想不到什麼更好的計畫。」

紗兒趴到桌面並伸出手，興味索然地轉弄著全息影像。我則拿起水杯喝了一口，並將用餐器具整理收齊，起身準備放進一旁的水槽。

突然紗兒像是想起什麼一般，猛地抬頭用天然的表情問我：

「追根究柢，到底為什麼會有那麼多無人機徘徊在總部周圍呢？」

我放下還留有食物殘渣的碗盤，陶瓷與水槽底部碰撞發出清脆的『噹啷』一聲。

我沉思了一會兒，將水龍頭轉開，冰冷的自來水沖上碗盤的表面。

「我想，它們大概是在保護著什麼吧。」

「保護著……什麼？」

「詳細其實我也不清楚。不過，如果是SCRA總部的話，也許還有我所不知道的東西留在裡頭。」我平靜的回答道，抓起鋼絲刷開始洗碗。

「是這樣嗎……」紗兒也就不繼續追問，回頭解決盤中尚未吃完的食物。

這次的目的，除了希冀奪回一些這片土地的主導權，另一方面就是為了釐清七年前事件背後的原因。AI會陷入失控，絕非一時的巧合。

而且，久遠以前那詭異的夢境所出現的亂碼，我也必須找出它的真相。不知為何，明明只是一閃而過的幻象，每一個字母數字我卻都記得清清楚楚。

"S2e0r2A8I07C04e"

這組英數字究竟代表什麼？我用了無數的時間依然無法理解。只知道如果僅看數字，也就是「20280704」的話，那就是大災變發生當日——七月四日。

至於剩下的英文字母「SerAICe」，就不得而知了。

或許，那根本就只是當時意識不清的我，憑空亂捏造出來的幻覺。但不管如何，唯有重新回到「那個地方」。唯有這件事，我不得不去做。

嘩啦的流水聲中，身後的紗兒解決了最後一口飯，雙手合十恭敬地閉起眼。

「我吃飽了。」

††

紗兒在客廳來回踱步，現在已是晚間十一點多的深夜。然而剛梳洗完的紗兒無論如何就是靜不下心。一會兒雙手撐住窗臺向外凝視，一會兒又隨興地坐上沙發仰望天花板，又或是走到客廳角落縮起身子與書櫃為伍。

總之，心靜不下來。

「就是下周了……嗎？」

再度坐回沙發的紗兒，眼神往右側的走道盡頭一瞥。稍微有些昏暗、只開著桌燈的房間中，我正手描著電子地圖，開著多個顯示器比對資料。電腦螢幕所發出的淡藍白光將我的臉龐照得有些慘白。

看著我認真的背影，紗兒大概更發焦躁起來了吧。雖然，除了「擔心」外另一層焦躁的原因或許很「單純」就是了。

「唔……」紗兒一副有話無法明說的樣子，持續由房間門的縫隙盯著我工作的身影。就這樣過了漫長的兩分鐘，差點兒出神的的少女趕緊拉回快被周公召去的意識。

「不行不行不行，振作一點啊我……」紗兒拍拍自己的雙頰，努力恢復被煩躁思考弄得疲累的意識，最後終於決定離開已經被坐得凹陷的沙發，朝房間邁步而去。

一直偷偷觀察這小傢伙到底在我身後做些什麼的我，立刻默默地回到剛才的工作上，佯裝什麼事都沒發生。

「那個……亞克。」少女輕輕推開房門，呼喚仍坐在電腦桌前的我。

「嗯?紗兒嗎，怎麼了?」我熟練地操作著由耳際伸出的通訊資料裝置，前方投影的虛擬顯示屏不斷閃爍著各種數據和圖案。聽到紗兒的呼喚，我應了一聲後沒有回頭繼續作業。

「啊，沒什麼，只是想說該是睡覺的時間了。」

我暫停操作想了想。「也是，稍等我一下，馬上就好了。」

「好……」紗兒一如往常地應答，不過不知為何語尾帶了一絲猶豫，微妙的視線朝我的後頸撲來。幾秒後，我突然感覺溫暖的小手臂從我肩膀兩側伸至身前。

紗兒從背後輕輕用手圍住我，下巴靠上我的右肩，就此抱著我不想離開。

「……紗兒，我這樣無法專心工作啊。」我嘴角掛起一絲笑容，無奈地側頭看著抱住我的少女。

「直到亞克想睡覺前我是不會放手的。」紗兒面帶微笑的「威嚇」我。

然而，從這份微笑中我卻也感受到了些許擔憂的心情。

我敵不過少女純真的行動，只好選擇放棄。「唉，好吧，投降投降，我等等就去睡了。」

「那我就抱著等直到你工作完為止。」

「如果是這樣的話那我不如再工作久一點呢。」

「如果超過五分鐘，來自『漂亮女孩子』的擁抱就要變成殘酷的勒頸囉。」

唔哇，這孩子哪時候學壞的……「好啦再兩分鐘。」

「哼哼。」紗兒得到了滿意的回覆，再次把頸子靠上我的肩膀閉起眼睛。

我結束剛剛這段小小的「打鬧」，把視線移回顯示器畫面。用騰出來的左手操作介面做最後的收尾，同步通訊裝置與桌機的情報後儲存檔案、一個個關閉視窗，確認沒有遺漏資料後將電腦與裝置關機。

我動動右肩表示我已經結束工作，紗兒這才肯放開我並打了個哈欠。

我走出房間，拉下大片落地窗的鐵簾，並把玄關正門口的防爆門緊緊地鎖上，同時關上一樓平面所有小窗戶的鐵柵欄。鋼鐵隔板移動的隆隆聲一個個地貼上地面，將我們的住所牢牢地「鎖上」。

這些防護措施都是在大災變之前就設置完畢的，只是沒想到真有一天，必須用上這些玩意兒。將其餘的大燈熄滅後，世界頓時成了一片黑暗。

我回到房間，將房門輕輕靠上門框。此時紗兒已經躺進舒適的被窩，倚著枕頭朝唯一沒有被鐵幕隔離的窗外注視著夜色。

她的表情透出一種安和，卻又藏不住一股淡然的憂傷，水藍色的光芒在她碧潔的眼中搖曳不定。

我走上前，悄悄地坐上床鋪，床板因又被施加了重量而發出細微的嘎吱聲。我們不發一語，互相在月色灑下的默然空間中背對彼此。直到大約一分鐘過後，紗兒打破了沉默。

「吶，亞克。」

「嗯？」

「……真的，不得不去嗎？」

平靜的話語中，夾雜著傷感。她翻過身，我感覺少女的目光正在看向我。

「……嗯，不得不去。為了人類……我們的未來，我非去不可。」

我低著頭，手掌雙雙在身前的膝蓋間緊扣，紗兒帶有勸退意味的言語刺痛著我的心，我陷入了躊躇不前的沉思之中。

我知道，紗兒希望我不要再去想、不要再去做。

這次的行動，異常危險。其實我們可以就此繼續待下去，什麼都不做的平靜生活著。

但誰能確保，這樣的生活又能持續多久呢？

而她並不是不想去，僅僅只是……只是不願去多想，這個時刻，竟然來的這麼快。

「是嗎……」大概也已經猜到我會怎麼回答了，紗兒也只好作罷。

我的思緒飛快地轉動著，然而卻又找不出任何適當的詞彙可以說出口。寂靜卻又混著惆悵與細微悲傷的空氣，如萬根細針般刺痛著我的全身上下。

有什麼，現在，能夠安慰身後脆弱心情的話語嗎？有什麼……

我突然想起什麼一般地抬起頭，之後又隨著淡淡的微笑而垂下。

「紗兒，問妳哦。」

「嗯？」原本已經鑽進被窩的少女，此時從棉被邊緣探出小頭來。

「七年前我把妳救回來的事情，還記得嗎？」我稍微轉過身，看著底下躺在與髮色相同的枕頭上、頭髮因解下束帶而散開的紗兒。

「唔……有些忘了，畢竟，我那時還小。」
「也、也是呢。」
「只記得一個滿身髒汙的大叔，莫名其妙把我帶到不認識的地方。」
「啊哈哈哈……」我尷尬地笑了笑。「但是要說滿身髒汙，妳也是一樣哦。」
「誒……是、是嗎？」紗兒也同樣露出尷尬的笑容。
「而且那時不知道哪個女孩連自己洗澡都不會呢。」
尷尬的笑容變成羞恥的臉紅，紗兒握緊小拳輕敲我的側腹。「不要再提那件事啦，害我只記得那種黑歷史……」
「畢竟很有趣的說……」我理了理少女散開的白髮。
「所以，怎麼會問我這個？」紗兒又變回了略帶傷感的表情，有些不解地等待著我的回答。
「當時……因為妳昏迷不醒，所以大概不知道。但在廢墟中發現妳的當下，旁邊綻放著一朵脆弱而堅挺的藍薔薇。這也是為什麼我會在地下室實驗種植藍薔薇的原因。」
「嗯，這你之前有講過。」
我點點頭。「而在那之前的幾天，我看見了災難發生的當下，我……見到了活生生的煉獄。接著就受了重傷，也不知道昏迷了多久……當我再度醒來，世界已經……

完全變了個樣。」

我稍微哽住了一會兒，雙手不自覺地發抖了起來。

「我親眼看見很多的人死去，應該說，看到無數已經沒有生命的屍骸……當時，我認為我自己也已經因絕望而失去了感情……」

紗兒靜靜地注視著我，隨後緩緩伸出右手輕握我放在床上的手腕。她什麼話也沒說，只是持續藉由手掌將溫暖傳達給我。過了半晌，我的心情才又逐漸緩和了下來。

「但是過了幾天，我找到了妳，還有那朵藍薔薇。」

我繼續回憶著故事，一旁的少女則靜靜聆聽。

「在重新找到生命的當下，也許……也就是那個時候，我才再度找回了希望，還有差點失去的情感。」

「而原本的你——不相信奇蹟。」紗兒也回憶起了我之前所提過的段落。

「是啊，畢竟尋求奇蹟的故事總是無稽之談。」我輕聲嘲弄道。「但是在我眼前的景象，完全只能說是一片慘澹的末世中，唯一光彩無比的奇蹟。而妳……」

我直視紗兒的雙眼。「紗兒，妳就是我的那個『奇蹟』。」

少女寶石般碧藍剔透的眼睛微微睜大，之後隨著一抹大大的微笑露出溫柔又喜悅的笑容。我抬起手指輕輕扣住紗兒的手掌，小小而溫暖的纖細手指也予以回應。兩人的手指緊緊相扣，淺白色的夜光照進這只有兩個人的世界。

「這次的行動，確實很危險。這點，我也心知肚明。而我也不希望因為如此而讓妳一直擔心。」

「……對不起，我可能確實有些擔心過頭了。」

「沒關係的，用不著道歉，」我稍微換個姿勢拉近兩人的距離。「畢竟……我也無法保證什麼。最後會不會成功、能不能找到東西、是否可以……活著回來。說實在話，我不能保證。」

我加深十指緊扣的力道，深吸一口氣後接續說著。

「但是，放心吧。我承諾過的不是嗎？我會永遠守護在妳身旁，因為，妳是我的……『奇蹟』啊。」

紗兒已經濕潤的眼角終於止不住那滴眼淚，晶瑩的淚珠自她的臉頰滾落。

「嗯，是啊，誰叫亞克這麼……這麼需要我嘛……」

我輕柔的微笑回應眼前愛哭的少女，放開原本緊密相扣的手輕觸她柔軟的臉頰。

「所以不用再擔心了，紗兒。我們……一定沒問題的，一定。」

紗兒用食指擦去淚珠，哭泣的臉龐再度綻放笑顏。

「嗯，我相信你，亞克。」

我放下重擔似地回應這份笑容，接著伸了個懶腰後同樣爬進溫暖的被子裡。

「那，晚安囉，紗兒。」

「嗯，晚安，亞克。」

我再最後摸了摸少女的頭後，緩緩的閉起眼睛，疲累的意識很快就投入睡魔的懷抱。

而一旁的少女過了幾分鐘後，才跟著閉上眼，進入淺淺的夢鄉。

鬧鐘顯示午夜十二點整的數字。

一年之中的最後一天隨著夜幕降臨。

而窗外的月光一如既往地守候著寧靜的廢都。

††

「亞克，醒醒。」

大半夜的，醒什麼啊……

「亞——克，快醒來啦。」

「唔……」

被不斷輕力的搖晃，最後我終於無法忍受，睡眼惺忪地爬了起來。

「……紗兒，現在幾點？」

我帶有一絲絲怒氣的質問把我搖起床的罪魁禍首，畢竟天根本還沒亮啊。

「呃……啊……早上，四點……」紗兒語中略有歉意，不過還是相當乖巧地坦誠。

「那早上四點妳把我叫起來幹麼啊……」

感覺是這時才想起死命把我弄醒的理由，她慌張地解釋道：

「那個，有、有想給亞克看的東西，要出去，所以才會叫你起床的……」

紗兒隨後拉著我的手，一副想幹什麼大事的表情。

「唉，沒辦法了。」

雖然不知道她想做什麼，不過我還是順從的下床，依照紗兒所說的穿上衣物準備出門。

（等等，現在要出門幹麼？）

我迷濛的意識依然百思不解。

††

寒冷的夜風颯颯地吹著我的衣領，我趕緊拉高脖圍免得在還沒抵達目的地前就先被凍死。被紗兒粗暴的叫醒後已經過了一個多小時，我們在踏出家門稍微警戒了周邊後，便由紗兒帶路，前往我自己也不知道要去哪的「目的地」。

終於，在辛苦爬完一段漫長的山路後，我們抵達了住處近郊還算有些高度的山丘。在漆黑的夜空中，東邊的一線微光將天空染成暗紫色的湖面。

我喘著氣，依舊不明所以的看向紗兒。「所以帶我來這又冷又高又孤僻的山上，有什麼重要的事嗎？」

「禮物。」

「誒？」

「所以說，是要給亞克的生日禮物啦！」紗兒轉過身，羞澀而彆扭地解釋道。

「禮物……，啊！是這麼一回事嗎！」

我「原來如此」般的恍然大悟，人為什麼總是特別容易忘記這個日子呢？

今天，是我的生日來著。

我有點喜悅卻又依然有些不解地想著：「但是，給禮物用得著爬到著種地方嗎？」

彷彿我問了世界上最愚蠢的問題，只見紗兒有點無奈的看著我，接著才繼續解釋原因。

「因為……這景色只有這裡才看得到嘛。」

「只有山上才看得到……？」我依然有些困惑。

「好啦亞克，別再問了，太陽快出來嘍。」

隨後紗兒再度轉身，面朝東方的微光。我抖抖身子打起精神，順著她的目光往東邊看去。

樹葉隨風拍打，細沙隨風而舞。

不知何時已經告別的月亮，留下靜寂的城市與丘陵。

地平線透出的一絲晨光，在下一刻，擠出無數閃耀的金色細線。細線隨著時間的一分一秒，又再分裂出更多的細絲遍布大地。還有些黯沉的天際慢慢染上了除了黑色以外的光彩。暗紫色、紫紅色、橘紅色……直到愈來愈鮮豔的黃紅色。

而後，遠處終於露頭的半球太陽，宣示那個時分的到來。

日出。

透亮蒼空的晨光，逐漸照進我們腳下城市的每個角落。死沉的玻璃帷幕、荒廢的高架公路、無人的都市叢林。大街小巷，都被晨間的微和日光鋪上一層薄薄的金色塵沙。

在幾乎沒有半點雲朵的天空，黃紅色的大氣驅逐了夜晚時分的晦暗，金光開始照耀著整個世界。我驚嘆地欣賞著這副景色。

上次如此單純的看朝陽，已經是多久以前的事了呢？

前方的少女再度轉身。在一片金光的陪襯中，她的斗篷隨風飄盪，並沒有特別綁起來的雪白細髮被徐徐的吹動著。

「亞克，生日快樂。」

紗兒背著光，祝賀著屬於我的日子。那臉上的笑容彷彿比照亮全世界的日光還有更加閃亮動人、更加無可取代。她將頭髮略往耳後一撥，細長的白髮隨風飄逸，伴著灑遍世界的金光透出無暇的美。

「謝謝。」

現在的我，無法以言語訴說我內心的感動。

我所做的，只有走向紗兒，並溫柔地擁抱同樣溫柔而纖細的少女。

千言萬語，不如一句。在清晨的光輝中，我們於日出時相互擁抱。

「如何，這份生日禮物？」紗兒笑著問道。

「除了說是女神的恩賜外沒有更恰當的形容了。」我略開了個小玩笑。

「你是故意把我說成不老不死的百年女神嗎？」

「這世上也是有年幼的女神啊。」

我感覺紗兒更加用力抱了一下，嗚，是差點就要造成疼痛的那種用力。接著鬆開手，從連身裙胸口的口袋拿出了她一直都會綁著的黃絲帶遞給我。

「雖然……壽星不是我，不過在這重要的日子，我可以提出一個小小的請求嗎？」

「身為壽星，我自然會回應妳的任何願望。」我誇張地鞠躬，紗兒也不禁笑出聲來。

「呵呵呵……那，亞克可以幫我把黃絲帶綁上嗎？」

「這樣就好？」

「這樣就好。」

我接過她所拿出的黃絲帶。累積了數年歲月的順滑布料泛著有些陳舊的光澤，因為洗了很多次所以褪了一些顏色。然而，在我手中的這一條黃絲帶，依然保養的十分完好。

我示意她轉過身，並撥開她長而細柔的頭髮露出後頸。這讓人想起地一次把這條絲巾送給她時，也是幾乎同樣的情景。

我將手中黃色的流線繞過紗兒的頸部，並用比起五年前來說因成長而顯得更短的剩餘部分，仔細的在脖子右側打了個結。最後確認鬆緊沒問題之後才終於放手，輕輕抓住紗兒的肩膀，將她的身體轉回來。已經確實綁好的黃絲帶，在和煦的風中微微抖動。

「果然，還是戴著絲帶的紗兒，才像紗兒嘛。」

「什麼話啊……哈。」

我們相視而笑。赤紅而略顯暗沉的眼瞳，對上了碧藍的大眼。我們閉起眼，將頭靠在一起，前額輕輕地互相觸碰著。

「下周，就會過去了呢。」

「沒錯，我必須去一趟。」

「那，我會永遠跟著你。」紗兒用前額蹭了蹭。

「就算很危險？」

「就算很危險。」

我以雙臂繞住紗兒。「……沒有回得來的保證哦。」

「沒關係，只要在你身邊就行。」她同樣回應了我的動作。

「你還真是個被寵壞的少女呢。」

「誰叫我有一個頑固的家人。」紗兒抬頭故意笑道。

「真不知道哪個女孩有時比我還頑固呢。」

「嘻嘻。」

「………」

「………」

已經出了半顆頭的太陽，將黃金色的光芒撒向山丘上的少年少女。

「還記得，我們的約定嗎，亞克？」

我想都沒想。「不可能忘記的。」

『我向你保證，我會陪在你身邊，了解更多關於你的事情。』紗兒複述。

『而我也向妳保證，我會竭盡所能，不再讓妳孤單。』我同樣跟著複誦以往說過的話語。

「我們，約定好囉？」

「沒錯，約定好了。」

「至死不渝？」

我閉著眼想了想。「嘛這麼說有點偏激不過……對，至死不渝。」

七年前已經被立下的誓言，在這個微冷的山丘上，再次誓約。

我牽起紗兒的雙手，睜開我紅色的雙眼，看著眼前在這個荒唐的末世中，陪伴了我算是「一生」的美麗少女。

「紗兒，一定沒問題的，因為我們約定好了。」

「嗯，我也相信沒問題的。因為這份約定，不會消失，對吧。」

我以手指扣緊她的小手代替回應。

這是日出的晨光之下，屬於我們倆個的、永不磨滅的誓言。

不管之後會變得如何，此時此刻，我遙望著那更加精采的「明天」。

是的，明日的晨光必會再次照耀於我們身後的世界。

而我深信著，這份朝陽下的約束絕不會破滅。

同時，人類文明復甦的理想也必會實現。

我會永遠相信著這份夢想。

【第３９２週】 末日倖存者＃上篇

一月冷颼颼的寒風，從機場前的三線路交通要道穿過，混亂停放在道路上的數百輛拋錨車，重重壓著已然消了氣的輪胎，車頂鋪滿了灰白的塵埃。無人的車陣，因為兩側房屋的塌陷，而顯得更加開闊冷清。

唯獨一棟布滿黑色金屬枝條的建築，猶如貫穿地表的寄生怪物，高高盤踞在死寂的灰色大地上。如果靠近點看的話，就會發現那黑鋼色的枝狀構造上雜亂的排列著紫色的光點，規律的一閃一爍。彷彿一隻會呼吸的巨獸，向沒有人的世界宣示著牠的地盤。

那是。「特種災變應對局」，ＳＣＲＡ曾經的根屬地。

而奇異建物被橘紫色日出拉得長長的巨影之下，就像要回應這情景的厚重感一般，跟貨車一樣大的「巨狼型」打著機械音的哈欠，在建築坍塌的斷壁下慵懶地徘徊。

被製造出來這麼久、又在野外生活了超過七、八年，這頭機械走獸腦內小小的人工意識，目前感覺自己都快與活生生的狼沒什麼兩樣了。雖然，牠的「一生」所看過的唯一一群真正的狼，在幾年前就已被牠長著針刺的腳踩爛。

現在是破曉時分。

天未亮全的寧靜空氣中，沙塵緩緩飛揚。

一聲微弱的噴氣音混雜在冬季強烈的東北風中，由上方倒塌建築的「地」平線傳來。細微的震動讓這匹巨狼的金屬耳膜也起了反應，不過無人機個體的ＡＩ系統，將這個細小的現象列為非警戒對象，巨狼低下方才抬起的金屬狼首，繼續享受著冷冽的廢墟生活。

一個小小的灰點奔馳於地平線。

隨著噴氣音跳上剛好形成完美斜坡的倒塌大樓。

不自然的震動與噴氣音持續漸大，巨狼這時才將那違和的聲響與ＡＩ龐大的資料庫比對。不過幾毫秒，系統即刻將其辨識為【人類舊時代的陸上交通工具：機車】的引擎聲，並立即提高警戒等級，開啟最大限度的動態捕捉雷達。

然而，頭頂上的塌毀建築遮蔽了許多視野，整棟都在輕微震響的廢墟，也令其難以鎖定聲音來向。

頭一次陷入「緊張」這種狀態的無人機，如灰狼一般繃緊身體蓄勢待發。

隨著建築形成的斷崖邊緣塵埃碎落，一道黑影從視野死角上方竄出。

改良型的油電混合動力機車，從排氣管噴出無色的強勁氣流。半秒前還貼著建築外壁行駛的車輪，在飛出斷崖後騰空轉動，捲入引擎的熱氣與冬季的冷風。

而在這不到半秒的時間，巨狼終於捕捉到了從機車駕駛座上刺過來的紅色雷射光。

亞克跨坐在越野滑胎車的前座，右手一邊將油門催到最大，一邊用左手舉著左輪手槍並以雷射指向正下方「巨狼型」發紅的機械眼球。此舉讓蔑視一切的巨狼完全聚焦於眼前渺小的人類，輕鬆地抬高肩膀90毫米高射砲的仰角，準備擊滅天上那連蟲子都不如的不速之客。

然而巨狼有限的思考意識，沒能及時注意到機車已經空出來的後座。

還有，亞克——我的淺淺一笑。

我繼續將手中的槍械直直對著下方的機械怪物，然而並沒有馬上開槍。畢竟亮眼的紅雷射，不過是吸引注意力的詐術而已。我感覺原本還在背後的重量頓時消失，知道計畫如期進行的我露出了暗笑。

「紗兒，就是現在！」

此時，距離飛騰中的機車三公尺的後上方，穿著斗篷的持槍灰影，就像表演特技一般大大地後仰並將槍口指向地面。早就從越野機車後座高高向後跳起的紗兒，在空中翻了半圈，手中布拉塞爾R93狙擊步槍加長的槍管，與彎月一般的身體姿勢，就像將要降下裁罰的神之杖，馬上牢牢盯住了原本身為「獵人」的「獵物」。

而被我成功吸引注意的巨狼，正是那個無法反應過來的「獵物」。

我朝「巨狼型」開了一槍，點三五七麥格農彈劃出筆直的細長軌跡，隨後在無人機堅硬的外殼上被彈開。當然，就算是強力的左輪，區區手槍子彈根本傷不了軍用等級的金屬甲板。

不過，如果是狙擊槍的特製穿甲彈，效果又如何呢？

以我的大喊及開槍做為信號，紗兒後空翻完成剩下的半圈，右手食指輕放在狙擊槍的扳機上，左手不是抓著槍身護手下緣，而是放在狙擊鏡與護木之間，從上方施加力道將槍管下壓。

在極為短暫的須臾間，獵手銳利的眼眸鎖定了準星正中央、罩著紅色強化玻璃的無人機腦部。

緊接著，維持朝地心開槍的下墜姿勢，紗兒用力地扣下扳機，長形的特製穿甲彈，被槍機劇烈地推入槍管旋進並擊發。每秒一千兩百公尺的超高初速，讓拔去消音器的R93槍口併出閃亮的火花，隨著『砰！』的一聲巨響，打穿前方無罪的空氣。

在紗兒開槍之際才捕捉到異樣的「巨狼型」，立刻試圖將原本對著我的砲口轉向首要的威脅。不過，它的命運已經註定無法改變了。

超過三倍音速的特製穿甲彈，像木樁一樣釘進紅色玻璃罩下方的機械運算中樞。玻璃罩膜根本還來不及碎裂，含有高爆性火藥的特製彈瞬間炸毀了巨狼型的頭部。電子神經網路的連鎖反應牽動了整個機體，引起短路並瞬間崩毀。巨狼自命不凡的巨大軀體，就此轟轟烈烈地在爆炸沖天的烈焰與火光中退場。

爆炸造成的強烈衝擊波，讓紗兒免於被爆炸吞沒的即刻險境。不過，這也只讓她多了一秒的滯空時間。

從剛剛飛出建築的斜坡到現在，也不過僅僅四秒。

我抓緊時間，穩定依然沒有落足點的騰空車身，並再次朝紗兒大吼道：

「紗兒，勾索——！」

「——！」

紗兒讓步槍由背帶支撐，左手手臂筆直地對準機車，『咻』的一聲，藏在手腕上的勾索裝置射出長長的鋼索。勾爪筆直推進，準確地嵌進被固定在車尾架的厚木板，隨著一陣拉扯，快速收縮的鋼索將紗兒飛快地拖離爆炸中心。

我按下機車握把的按鈕，車身驅動器加裝的噴焰口吐出比引擎還強勁的氣流，與紗兒勾索拉扯的力道相互抵消。而後，原本釘進木板的勾爪脫離，隨之而來的是止不住煞車力道的勾爪主人。

「啊啊啊啊小心——！」

「噗——」

紗兒強而有力地給我的後背來了一記重擊。還在持續前進的機車，雙輪不偏不倚地重摔在粗糙的路面。

紗兒利用勾索回歸的作用力、加上難看的降落造成的衝擊，在機車接觸地面並急煞後，把我們倆人用力地甩了出去，好像絲毫不想理會上頭乘客的感受一樣。

「唉疼疼疼……」我落地後發出一陣哀嚎，慢慢將身子撐起。

「嗚……亞克，我覺得頭好暈暈啊——」同樣慘烈的紗兒，躺在地上搖頭晃腦的說著。

「誰叫妳要那樣撞我啊，我這邊也是很痛的欸。還有，怎麼變疊字了……？」

「嗚嗚，第一次玩這種招數，很難控制制嘛……」

「這、這次確實是挺走運的啦……」

紗兒顯然還在暈頭轉向的狀態中。「下次不再玩了，好可怕怕。」

我看著眼前這名「患者」，問道：「……所以說妳的口音怎麼變疊字了？」

「因為頭頭撞到了。」

「我相信妳的腦細胞運作十分良好。」

我結束這場鬥嘴，看向後面燃燒著熊熊大火的無人機殘骸。

「不過要比慘的話……這頭巨狼也真是可憐。」

紗兒翻起身，拍了拍身上的塵埃。「不過虧這種戰術還真的有用啊……」

「出其不意，百戰百勝。再危險的戰術只要成功都是值得的。」我拍拍胸脯。

「那下次亞克你跟我互換工作好了。」忿忿不平的紗兒拋下狠話。

「不不小姐，我認為我常常在路上跑來跑去已經夠危險了……」

我哀嘆抱怨了一番，伸手撿起剛剛因為摔車而掉落的左輪手槍，插回槍套。紗兒回頭將大概暫時無法再啟動的機車扶正，打開後座的置物箱，取出裝著戰備資源的背包，拿起其中一個丟給我。

我接過沉甸甸的背包，從中取出幾樣東西先裝備到身上。此時還在備戰狀態的紗兒，瞇起眼看向不遠處。

「亞克，前面還有一些『灰象型』，似乎是注意到我們了。」紗兒發出警告。

我抬起頭，確認前方的狀況後緩緩點頭。「也是，在此留守的不可能只有一架『巨狼型』吧。」我略顯遺憾，繼續說著：「可惜機車這麼快就報廢了。」

「此地不宜久留，沒有什麼時間休息整備了。」

「我知道，前面都是筆直的大路，就直接突進到總部的大門吧。紗兒，脈衝彈帶了嗎？」

「帶了。」紗兒敲了敲腰間幾顆手榴彈外型的金屬球示意。

「很好。」我把背包甩上肩頭，扣緊背帶。紗兒扳起槍機退彈，由側邊彈出的彈殼落地發出清脆的敲擊聲。隨後拔下一顆脈衝彈緊握在手中。

我抽出其中一個備用彈匣，插進突擊步槍的槍身。卡緊。上膛。

「上吧。」

迅雷不及掩耳間，我和紗兒同時開始急奔。

以紗兒擲出的榴彈做為開端，我舉起愛槍，對準今日第二個槍下亡魂。

††

「亞克，我要把入口封上了！」

「知道了！」

從正式開始「討回行動」到現在已經過了十分鐘，在打倒巨狼後我們一邊利用廢墟的天然屏障、一邊重創其他敵人前進著。然而，徘徊在總部周遭的無人機數目實在多得異常，在源源不絕的火力壓制下繼續逗留的話，遲早我們會反變成被剿滅的一方。

因此我抓出了到大樓西側入口的最短距離，並且丟出三個全息誘餌做為掩護，由紗兒率先跑至入口處。雖然整棟總部建築幾乎都被異樣的黑色奈米機械所包覆，不過大概唯獨四面的出入口，依舊保持原本的鐵柵門開啟的情況。這麼一來，也就省去需要特別爆破的麻煩了。

「亞克，快點！」

紗兒用力往按鈕一捶，防爆鋼板製的厚重大門開始降下。我算著入口封閉警示音的熟悉次數，盡可能地拖到最後一刻才進門。

我躲在掩體後持續拿著G36射擊，花了整整一個彈匣才終於擊毀離我最近的一架「灰象型」的腳踝。前方的大塊頭無人機因重心不穩而摔倒，跌落瓦礫堆中發中沉重的撞擊聲。

僅存不多的煙霧彈自我的手中高高拋出。藉著煙幕的掩蔽，我拔腿狂奔，在模糊印象中第十一下嗶嗶聲作響之際，滑進鋼板門的縫隙進入室內。

嗶。

嗶——

隨著第十三響的警告聲，厚重的隔板門重重密合，貼緊地面打散了沉積已久的灰塵，將內側的世界完全封死。

「呼……真是驚險呢。」我用手臂擦著汗，靠坐在隔板門旁。

紗兒有些不滿的責備著：「真是的，亞克每次的行為都太冒險了啦。」

「哎呀抱歉抱歉。」

我老實地低頭謝罪，紗兒則一副好氣又好笑的表情瞇眼看著我，一會兒之後同樣略顯疲憊地坐到我身旁休息。

「總算是安全進來了……現在呢？」

「我想，應該也沒有太多悠閒的餘裕吧。」我從背包拿出水瓶，紗兒做了跟我一樣的動作。

沒想到，激烈戰鬥後就算只是無氣無味的開水，也能如此甘甜舒心。啜飲了幾口水，我想著接下來的對策。

「外面估計還有一大群沒處理完的無人機，不過這隔板厚度足夠，短時間內它們也進不來。但如果AI的統合系統還健在的話……」我敲了敲鋼鐵隔板，仔細的分析。「那恐怕這片區域的所有無人機都已被告知，並下令擊殺我們了吧。」

「AI還有分管理階層的嗎？」紗兒疑惑地問著。

「不知道。不過既然都能夠靠奈米機械素就建構出如此程度的要塞堡壘，而且靠近這一帶的多數無人機也都還有動力，那就表示——」我我站起身向前走了幾步，抬頭望著空蕩且無聲的空間。

「——這群傢伙過了這麼多年，已經發展成非常系統性的『文明』了吧」。

我和紗兒一同抬頭望著的，是極為廣大的垂直空間。

ＳＣＲＡ的總部施設主要分為兩大棟建築，我們現在所位於的西棟大樓，內部由一樓到第十層，是有一半面積都打空的挑高開闊區域。不過再上去的十一樓以上，就是整層都塞滿的辦公區域、實驗研發樓層、會議廳與研討室等需要廣大場地的非開放空間。而二十五層以下，每一層的三面外壁多數都是可透進日光的大片落地窗，往上則是幾近完全封閉。只有少數的小窗，嚴密管控著光線與視野的出入。不過只要是五的倍數樓層，還是會有天橋連接到格局相去不遠的東側棟就是了。

以前的話，從小組的情報辦公室出來到走廊的陽臺往下望，總是能看到來來往往的人群。有的正在打電話、有的急急忙忙拿著一疊資料飛奔、有的坐在一樓櫃檯旁的長椅狼吞虎嚥地吃完中餐、有的則圍在中央大廳的局徽雕像旁聊天……

如今，從大廳往上望，僅有昏暗的虛無。

還有，四處「生長」的黑色機械。

「總之，遍布這整個內部的黑色怪狀機械，最好都不要去亂碰。不排除那東西會對周遭有反應的可能。」

「反應？是指它們會像群居……呃，我是指共生體那樣，每個無人機都，唔……連到同一個反饋系統上嗎？」紗兒食指頂著下巴，絞盡腦汁的思考著。

「差不多的感覺，說起來它們本來就是由一個主核心統一管轄，雖然這個中樞系統以前架在美國，但如果真的發展出所謂統領一切的『女王』，或是說分支的系統中樞，那也就能解釋為何他們會如此中意這個據點了。」

「真、真是有科幻風格的展開吶……」

「哼，我們就是活在一個如此充滿幻想的世界啊。」

我笑著嘲弄道，不自覺地感嘆了起來。

如果七年前的大災變是一場幻象、如果AI真會反攻人類這種虛構故事的情節只是我的幻想……那也就不會變成這樣了吧，我猜。

然而幻想中的現實，如今就赤裸裸地攤在我們眼前。完全不帶任何隱瞞，卻又不透漏任何資訊。

我撫摸著門口久未使用的通關櫃臺，陷入嚴肅的沉思。眼前那些黑色的機械，究竟是否有連接的源頭？SCRA的總部，是不是藏著什麼我這種階級的人員所不知道的祕密？

還有，照理來說應充斥整個總部空間的無人機群……

都上哪去了？

「欸亞克，說起來目前看起來一樓大廳這邊，完全沒有無人機的蹤影耶……」

我心中的困惑隨紗兒的話語而具現化。如果視力與觀察力極為敏銳的紗兒都這麼說了，那表明在我們進入大樓後，沒有半點其他「東西」活動的跡象。

頂多只有纏繞四周的黑色機械，其上的燈光如呼吸般緩緩閃爍著。

「確實，這倒是挺奇怪的。」我掏出手電筒，往更上方數層樓的走廊露臺照過去。

「不過平常都在待機的它們，或許有什麼『方便居住』的……實驗室之類的吧。」

「燃電耗竭就會無法行動……原來如此，所以一樓這廣闊的平面沒有這類的地方？」紗兒推敲出解答。

我點點頭，同時回想整個大樓各樓層的構造。確實我們也會使用ＡＩ無人機協助辦事，也一定有專門為無人機充電補給的地方。

「至少在我認知內，待客大廳從來不是什麼，呃，『吃飽喝飽』的地方。」我語塞地想了想。

「噗——」

「笑、笑什麼啊！」

「不，每次亞克想破頭開的玩笑都很爛，所以就笑出來了哈哈哈……」紗兒捧著肚子，依然略有笑意的擦去泛出的眼淚。

「有那麼好笑嗎……」我長長地嘆了一口氣。

（被難笑的冷笑話笑死，這世上哪有這種人啊？）

我思考著謎樣的問題，一邊將手電筒掛回腰帶的安全扣。

「不管如何，我們還是得繼續保持移動，能愈快達成目的愈好。」

終於褪去笑意的紗兒也點頭同意。「好，老實說我覺得這裡有點毛骨悚然……不想待太久。」

「那就開始行動吧，首先至少把一樓晃完，確定附近沒有敵人再說。」

「了解。」

話是這麼說，不過一樓也就是大廳、櫃臺外加化妝室和複數個會客室，我打算迅速勘查完就往上層爬。

外頭漸亮的天色擠進黑色機械的縫隙，透入碎裂的窗戶。原來只有詭譎紫色「呼吸燈」照明的室內，開始逐去全然的昏暗，讓我們不用手電筒也能慢慢看清楚周遭的環境。在視野開闊後，原本就很雄偉的挑高空間，在一束束細長光照的支撐下更顯不可思議。

直通十一樓地板的大廳天花板，垂吊了幾條已經枯萎的藤蔓；地板則是積了厚厚的一層灰與許多碎裂的殘骸，我們踩出的每一步都吹散了整齊一致的灰塵、印下我們到達此地的足印。

在灰白色薄紗棺材的覆蓋底下，也不知道究竟是被打倒的無人機、普通的壞損機件殘骸、抑或是——人的屍體。

不過隨著我們兩人在這層平面的搜索與觀察，似乎沒有特別找到人型體態的屍骸或什麼不祥之物。

我們來到一面鑲嵌著一大串文字的長牆，這堵牆位於大廳長條型主櫃臺的側邊，面朝西方散發著一種陳舊而古老的威嚴感。紗兒伸手拂去堆積的塵埃，部分的抛光岩面重出天日。而就像要彰顯價值般，石牆奪取著室內的明亮，將紗兒的目光集中於開頭標題的燙金文字上。

「嗯……【特種災變應對局SCRA成立宗旨】……啊，亞克，這我能看一下嗎？」

我點頭表示無所謂，在一旁靜靜聽著紗兒朗誦出上面的內容。

「我看看……『本局成立於二〇二五年，致力於人類超急速發展而導致的各項資源危機及大型浩劫處理，並於本國自身的地理戰略位置考量之下，率立國安的先鋒。於總統府之下擁有最高的全民決策權，並在特殊災變時期，依行政命令修法可直接發號國家命令。』這些和亞克之前講得差不多呢。」

「畢竟都是成立之初就公諸於眾的東西了，實際上我們的職掌範圍比外人所想像的還要深入。」我靠上一旁的牆面淺淺說著。

「那像是這上面寫的『巨型自然天災』、『國土外大規模蓄意攻擊』，還有……嗯……『類別外生命敵對活動』？」紗兒因疑惑而頓了一會兒。「與『人類自律崩壞』。這些都是實際上會發生的囉？」

「去判斷那些事情會不會發生，就是我們的工作。」我繼續跟紗兒解釋著。「基本上，我們會從情報課、分析課、戰時應對課、決議課等單位，每課抽出一至兩人組成一個團隊，共同專注處理單一災變案件。我所待過的就是在局內擁有最大指揮權限的第一組，而且有立功的案件也不少。」

說到這邊，我臉上浮現悲傷的神情。「不過，最慘的一次沒能阻止就是了。」

「啊，是、是這樣的呢……」紗兒愧疚於剛剛問了這些話，尷尬地笑了笑。

我聳了聳肩示意沒有關係。「反正蒐集各式情報、加以彙整並防範甚至預測大型災害，就是這個組織的職掌範圍。」我同樣伸手了擦了擦沒人清理的文字牆，成堆的粉末掉落一地。

「預測大型災害的發生……這種事一般人或情報單位根本做不到吧？」

「確實。畢竟就連地震或火山爆發的瞬間，以人類的科技力，也頂多只能在災難真正發生前的半分鐘或一兩小時發出警告……」

「那你們又是如何做到，所謂『災變應對』的預測呢？」

面對紗兒丟過來的質問，我不疾不徐地繼續答道：

「如果要說資料形式是『即刻性』的天災人禍，像區域地震這種隨時都有的自然災害、或意外造成的連鎖車禍，那我們所擁有的資訊也不會比一般人多。不過，如果是有預謀的大型犯罪，或是資料遍布全世界的全球級天災——那就絕對逃不過我們的情報網。」

「也就是亞克之前說過的……『情報是最強力的武器』的感覺？」

「答──對。」本來只是因為這面牆而產生的解釋性問答，不知不覺間變成家常的閒聊了。「情報越多，優勢越大。而人如果掌握所有情報，就可以掌控全局。」

「哦哦哦──！」紗兒的眼睛閃閃發亮，一臉崇敬地看著我帥氣地發言。

「也因此，擁有大量可靠情報的我們，只要再經過分析與討論，就有很高機率能在事發前及時阻止。當然，這也得要靠局裡的怪胎們發揮實力就是了……」

「怪、怪胎……？」紗兒像跌破眼鏡般地無法立即理解。

「啊……就、就是說，我們這個奇怪的組織，招募進來的都是一些在某個領域專業得很極端的怪胎啦。」我不自覺地想起了那些人的恐怖專長。

「譬如一秒解開超複雜算式的天才、或是動態視力能看準子彈射出方位和速度的傢伙……有很多啦，這種人。」

「那亞克也是怪胎囉。」

「並不是。」我精確無比地否認。

紗兒挑起一邊的眉毛。「但你說會進來的都是怪胎。」

「這……我更正，『不全然是』。」

「……亞克真壞。」

「已經被妳說了幾百次我就當作是讚美吧。」

閒話家常似乎是告一段落，我重新看向斑駁卻莊嚴的文字牆。

「不過與怪胎們的生活……也不賴呢。」我語重心長地嘆道。

紗兒身體向前傾，試著看清我臉上的表情。

「亞克會想念在這裡的生活嗎？」

「……會啊，而且還很常想起。甚至有時會這麼期望：那些昔日的戰友們，是否還在哪裡奮鬥呢？」

還是說，昔日的他們，已經不再人世了呢？

「嘛，不過反正都是過去式了，我們這一趟過來，也是為了發掘出一些希望不是嗎？」

「嗯，我相信亞克的判斷。還有，別再愁眉苦臉了，好嗎？」

紗兒略帶擔心的語氣才讓我發覺，剛剛我的臉色似乎相當凝重。我不好意思地笑了一下，手搭到她的肩膀上。

「我知道。謝謝妳，紗兒。」

紗兒以相同的微笑回應，右手搭上我放在她肩膀上的手背。彼此都感到安心後，才再度放下。

「那麼接下來要往哪裡走呢？」

我動了動筋骨，思考了一陣。「總之先開始往上層移動吧，十樓應該會有我想找的東西。」

「那就讓我們先祈禱樓梯不會塌下來吧。」

「那還真是惡劣的玩笑呢。」

即便確實挺惡毒的，不過這也讓氣氛輕鬆了不少。紗兒拉了拉狙擊槍的肩帶，領頭走在前方，我則跟在後面踏出步伐。

離開前，我最後回頭再看了一眼那片被遺忘於回憶、象徵過去榮光的文字牆的結尾：

『SCRA是守護文明價值的先鋭鋒芒，也是人類存續的最大可能性。』

……這話現在聽起來，真是諷刺呢。

††

幽閉而空蕩的建築內，兩對靴子交錯的步伐踏響通往十樓的樓梯間。聲響在幾秒後停歇。

彈指間，比推銷員敲門還小的爆炸聲，輕聲無息地炸開十樓逃生梯的門鎖。門先是開出了小小的縫隙，接著被猛力推開，兩扇金屬製的厚門板因此撞上相鄰的牆壁，震落了牆面龜裂的油漆。

我和紗兒一前一後從逃生門口翻滾進滿是灰的走廊，不約而同地蹲起身子、肩靠著肩，架起愛槍對著走廊兩端的盡頭。

在這突然安靜的數秒間，依然沉寂無聲的空蕩廊道，不見任何來犯的敵影。

我用左手手勢打了個信號，兩人這才放低手中的武器站起，身子隨即往旁邊的牆壁一貼，保持在時時刻刻安全第一的警戒狀態。

「看來這一層也還沒有敵蹤呢，亞克。」

「真是的，要跟我們玩捉迷藏到什麼時候啊……」

雖然我是恨不得能馬上幹掉幾架隨意閒晃的無人機，不過沒有敵人對我們來說……

「不過沒敵人是最好的吧？」紗兒接續了我剩下的心聲。

「確實是啦，只是這反而讓我感覺怪陰森的……」我打開電子地圖，顯示屏的藍光透散於採光不足的牆壁角落。

「是呢。就怕它們突然像老鼠一樣一大群從暗處冒出來……」

「這種時候就別烏鴉嘴了，紗兒。」我鎮定地打斷紗兒的話。

「開、開開玩笑嘛……」

「隨便妳啦。跟緊我，要不然就要被老鼠吃掉了。」

「亞克你不也在開玩笑嗎嗚嗚嗚……」紗兒淚目抛出怨言。

我比了手勢，指向我們現在所在位置的三點鐘方向，同時暗示紗兒待會幫我把守背後，提防後方伸手不見五指的走廊盡頭。自己則稍稍向左轉了個身，準備從十樓辦公區、靠近透天區域的廊道摸進目標。

「好了嗎？」我往背後一看，紗兒輕輕的點了點頭。

我也以點頭回應。「ＯＫ，走吧。」

我擔任前鋒，壓低身子靠著牆壁慢慢行進，五官六感逐漸變得鋒利，戒備可視範圍內所有一聲一響、一舉一動。

跟在我一公尺外的紗兒，提起裝上手電筒照明的步槍，以微速倒退的姿勢執行著殿後的工作。在昏暗的視野中，我們開始探索雜亂無章卻又安靜得恐怖的環境。

以前每天都準時上班報到的樓層，如今，已成了另一個頹然世界。

隔離著辦公區與主走廊的玻璃隔牆碎裂一地，散亂的紙張文件與複數鏽點斑斑的彈殼，鋪上以深藍色漆成的走道，與許多碎裂的金屬部件混在一塊。

我撿起一把被孤伶伶地冷落在牆邊的局內標配手槍，內件故障、蒙上了一層灰的小小武器，沒有說話。

然而「當時」人們的慌亂與匆忙應戰的情景，卻彷彿歷歷在目。油漆剝落的牆面上，甚至有覆著一層灰的紅黑色血跡，就像某個誰被推到了牆上而後滑落地面。只是，血跡的主人不知為何跟目前所觀察到的所有情況一樣，完全消失無蹤。

猶如……這棟建築從來沒有過任何死者一般。生死未明的某人，只在近遠處的地上留下些許血珠滴落的痕跡。

慘淡的情景映入我悲傷卻又冷漠的眼中，畢竟早就過了七個年頭，還想找什麼生還者根本就是種無恥的奢求。

我和紗兒逐漸接近光線稍微明亮的轉角，在靠近透天區的走廊陽臺前，我空舉左拳平握，打出停止的信號並朝稍微明亮了些的外走廊探出頭。紗兒的背部輕輕靠上我，此時除了腳下踩碎玻璃的聲響外，僅有空洞的風聲，從包圍總部的黑色機械縫隙中鑽進寂寥的空間。

我看了一眼前方的走廊，想往深處觀察的視線不到一半就被中斷。阻擋在我們路途上的，是設置在走廊、以眾多桌椅堆疊而成的路障。

「嘖……」我咂舌了一聲，並立即開始思考應變對策。

我們要前往的目標，是遠在整個辦公區另一頭的小組分室，也就是「第一指揮組」的情報與分析課辦公室。因為整個區域是打通的，所以照理來說，直線突入的路徑也是最短最快的。

不過原本為了安全考量，我不直接進入危機四伏的辦公區，而是選擇相對方便且明亮的走廊，再慢慢從外圍繞過去。但此時的狀況，顯然不允許我們如此輕鬆過關。

發現我停下腳步的紗兒，轉過頭查看情況。「亞克，怎麼了嗎？」

「前面有路障，而且高度也不是普通的高啊……估計厚度也很難無聲爆破。」

我咬著嘴脣思忖，這時紗兒提出了她的觀察：

「會不會是七年前ＳＣＲＡ的人在防禦時堆起的呢？」

「很有可能，畢竟我想不太可能之後還有什麼人，把這裡當防禦據點來使用。」

我掃了一下四周與碎玻璃後的辦公區內部。「而且，妳看看那邊。」

紗兒向我所指的辦公區內部望去，隨即驚嘆了一聲。

「從走廊這邊的路障一路延伸成一整條直線……？」

「——想不到他們竟然直接架了整整一排、切開辦公區的障礙物呢。」

從我們在走廊轉角的位置將手上的光源照向辦公區深處，即可見到雖然有點臨陣磨槍但卻牢固的會議桌、辦公椅緊密相疊，形成一道貫穿整層樓的堅固防線。分室與分室間的隔板，也全被拆下做為臨時盾牌，剩下空有框架的鋁條傾倒於雜物堆中。

而從障礙物架設的高度不難看出，除了阻止敵人前進以外，也足夠讓一名成年人站起並架槍瞄準進攻者。至於那些敵人，估計就是ＡＩ無人機了吧。

可是……

「啊，亞克你看，那裡是不是可以進到區域內部？」

我定睛一瞥。的確，在整排路障約中段的地方，有一個不算小的破口。

「我想我們就先進入辦公區吧，現在沒多少選擇。」

「了解。」

我跨過刺人的碎裂玻璃牆，紗兒輕輕跳過並跟了上來。我保持方才在走廊前進時一樣的步調，更加警戒地環視著周圍。

整個大區域是一片烏黑，就算有一盞手電筒盡責地守備前方，走一走還是會不小心踢到散落一地的文件、電腦配件、紙筆水杯等一些在「普通的」辦公室會有的東西。

而比起那些小物件還更多、更大的，同時也更嚇人的，就是幾乎遍布整區、被擊毀的無人機殘骸。

然而，眼前再也不會動的金屬廢鐵，不全然是武裝的軍用無人機。我們一路慢慢往路障破口的途中，也見到許多被打成蜂窩而倒地的輔助型ＡＩ機器人、兼具清掃與警衛功能的無人機，當然，也有大量「獵犬型」止步於桌椅構成的路障前，形成額外的另一道「天然」屏障。

紗兒或許也是頭一次見到這麼多集中的無人機殘骸，左看右望的睜大眼盯著這破廢之景。

數年前的災難，影響的可不只被用於軍事力量的ＡＩ。

其中也包括了，原本為民服務甚至構成人們生活一部分的「良善」ＡＩ。

就像盡忠職守直至最後一刻的海倫娜。

我不禁想起曾陪伴我一時的居家ＡＩ管理系統，但隨著接近路障群的唯一破口，這份回憶也從我腦中煙消雲散。

前面經過的路障雖然我們靠翻身也能跨越，不過這麼多年後，這些桌椅的穩固性實在令人存疑。直接撐住路障並翻過去的話，不但有垮掉受傷的風險，也會製造出極大的噪音，吸引不知潛藏於何處的無人機群。

而且，這裡就有一個如此絕佳的突破口，不好好利用就太可惜了。

我持續觀察。被不知道什麼東西打通的破口兩側的路障，就如同被啃咬了一般，桌子的木板被折斷、辦公椅的鋼管外露並被掰彎。地上已經分不清到底是什麼的廢棄物，不是被壓壞就是碎成一團。

我們倆小心翼翼的通過這個破口，盡量不要因為碰觸碎裂物而割傷。

「如果這裡當時被突破了，那這後面是不是也……」

紗兒跨越其中一根伸出來的鐵管，謹慎地道出觀點，不過立刻被我否定。

「不，如果被完全突破並失守，那這一層應該是死傷慘重吧。」

我在抵達路障另一邊後左右視察了一番。「然而這後面似乎也沒有被大肆破壞的痕跡，如果我推測沒錯的話，應該是從守備陣後面那個主樓梯往樓上撤退了吧。」

沒錯，他們的話，肯定能全身而退的……我心中暗暗祈禱著。

「原來如此……那要繼續往前嗎，這裡稍嫌有些擁擠。」

「嗯。」

我輕步踩跨辦公區後段，橡皮靴底與地板的摩擦聲，於室內造成異常空廣的回音。比起剛剛經過的前段區域，後段用來防守的陣地明顯整潔且開闊許多。估計是大多數的物品都被拿去當路障了吧。

因為我們保持相當慢的速度低身前進，所以過了大約兩分鐘後，才終於走到目的地。

「到囉。」

「就是這裡嗎……看起來跟前面好像沒有太大的差異？」

愈往後方的辦公區內部，基本上就保持的愈完整。雖然多數的大片玻璃隔牆不是早已碎裂一地、就是擴散如漣漪一般的裂痕，不過至少其中一間，還看得出是與其他區有所區隔的「分室」。

「嘛，要說沒什麼差也是，不過……」我撿起掉落於地上的門牌，拿至紗兒眼前。

「至少『第一指揮組戰情室』這個名稱，可不是隨處可見哦。」

紗兒接過招牌，有如在鑑定什麼古物一般拿起又放下，一臉就是「哦——」的表情在「欣賞」這表層鍍了銀的陳舊門牌。

「感覺很帥呢！」

「怎樣，想加入嗎？」我開玩笑地逗弄著紗兒。

「想！如果，還在的話……呢……」

紗兒感概地笑了笑，雖然這不關她的事，但聽我這七年間講了這麼多關於「他們」的事情，多少還是會有些憧憬與懷念的吧……

我摸了摸紗兒的頭，束起的長馬尾因此隨意抖動了一番。「別顧慮這種往事啦，走，我們進去看看吧。」

「嗯。」紗兒靦腆地抬起頭，隨我一同推開唯一奇蹟般沒有破碎的玻璃門。

飄過耳際的，是此起彼落的歡笑與怨嘆聲、感覺快哭出來的慌忙人聲，還有感到無奈卻又好笑的嘆氣。

映入眼簾的，是一名稍矮的少年趴在大橢圓桌上摺著紙飛機、兩名年輕男子比試著誰的作品能飛更遠。被夾在中間的女孩一臉苦惱，靠牆的黑髮女性則微笑旁觀著一切的發生。

吸入鼻腔的，是午後被陽光加熱過的空氣、辦公室咖啡的餘香，還有——

和樂融融的日常。

只存於昔日回憶中的日和。

我進入空空如也的戰情室，目睹著所謂「人事已非」之景。分室內，沒有太多被破壞肆虐的跡象，只是原本的椅子、螢幕、白板，通通都消失無蹤，可能是跟剛剛那些路障混在一起了吧。

跟其他區域一樣，地板上同樣有著許多紙張與小雜物。不過我們以前為了整潔，就不怎麼會把東西放櫃子或抽屜外，所以地板的堆積物相對空了不少。

我翻了翻門口旁一排的長櫃子，紗兒也檢查著下層的收納矮櫃。除了對現在來說不怎麼實用的幾本書籍外，藏於收納櫃深處的武器、科技道具，也全都不見了。紗兒再將手電筒照往房間中心。

飄散著塵屑的空間中，唯一屹立不搖的，只有布滿灰塵的老桌子。

以及上頭用紙鎮壓著的，一張字條。

「亞克，快看——！」紗兒首先發現了那一片灰中突出的泛黃白紙，趕緊拍了拍我的後背。我轉身，同樣驚奇的看著那彷彿千萬殘骸中的一絲希望。

「那是——」我快步趴到桌前，拾起於災難中「倖存」的一張小字條。潦草卻又足夠工整的字跡，透過墨水顯現在陳舊的便利貼上：

『如果還有機會的話，去地下四層的房間吧。』

『是你的話，一定可以的。亞克。』

「上面寫了什麼？」紗兒從我後方探出頭問道。

「我也……不太清楚。不過，肯定是留給我的訊息沒有錯。」

我和紗兒又重看了一遍沒寫多少字的紙條。

七年。一紙短訊。

沒有告訴任何的生死消息，沒有明確的目標情報。但是我知道，寫下這個紙條的人絕對沒有在大災變中馬上喪生。而這是琴羽獨有的字跡。

至少，琴羽她們絕對還有可能活著。還有可能在某處活著……某處……

『嗶咿——嗶咿——嗶咿——』

剎那之間，警鈴大作，紅色燈光照滿整棟大樓。樓層的地板開始震動，猶如大群動物奔跑的機械碰撞聲從四面八方傳來。感測到這些不祥的來犯者，紗兒立馬打開手腕上的熱感應掃描器，大聲吼道：

「亞克！有大量無人機從三個方向快速逼近！數量——三十架以上！」

迅速地將紙條收入口袋。「型號呢？」我不慌不忙的地抓起剛剛放置一旁的突擊步槍問道。

「不是很確定，不過，粗估應該全是『獵犬型』！」

「室內戰最可怕的打手嗎……還真是辦了個盛大的迎接派對呢。」

「怎麼辦？」紗兒跟著我回到戰情室門口。

我沒有絲毫猶豫地指示：「下煙，突圍，格殺勿論。」

紗兒微笑，接著問：「然後……往『地下室』前進？」

聽到這樣的回答，我大大的笑了一聲，和揹起步槍、從後腰默默掏出一把方形「刀鞘」的少女對上了眼。並且同樣自信地咧嘴笑著：

「沒錯，往地下室！」

我把有著輕機槍般重量的愛槍往後一揹並且固定住，左手則拉出一直藏在後背的一管金屬圓筒。轉開，再鎖上。

震耳欲聾的「腳步聲」襲向原本逸靜的空氣，打破總部大樓一直以來保持的神祕。紗兒平時溫和的眼神，轉變為無情獵人般的冰藍。

我深吸一口氣，緩緩睜開赤紅色的眼瞳。兩雙人類的眼睛甚至透出了淺紅與淺藍的微光。

來，讓我們開始派對吧，Drones。

機械的咆哮震盪大樓內汙濁的空氣。

數以百計的金屬足肢踐踏著地板、牆面與梁柱。

我們出了戰情室回到路障後面，我將手上的武器反轉一圈，在那些「獵犬型」開始像迅猛龍一樣圍捕我們前，視線往背後大致瞥了一下。在這塊陣地的大後方，一條筆直通往東側大樓的天橋，靜靜等待有人再次踏上它的那一刻。

紗兒再度回報掃描的結果：「四十三架『獵犬型』確認，十一點、兩點、五點鐘方向共計三波！」

「先用手槍，第一輪解決再上『刺刀』。」我下令道。

「亞克，雖然我認為我們有辦法應付，不過避戰方針還是有的吧？」

「當然。看看後面的天橋。那會連到隔壁的東側大樓。」

「……理解了。」知道我在想什麼的少女，不用再多解釋什麼，立刻就瞭解了我的計畫。

紗兒握緊右手上的方形刀鞘，左手從槍套拔出她的其中一把全自動手槍，三十發的加長彈匣已經準備好輸出大量彈雨。

我將手緩緩移到右腰的槍套上，解開扣環，像西部牛仔一般沉著的等待拔槍之時。久遠以前由「第一波」抵抗者們架起來的古老防禦線，不屈不撓地擋在我們前方，準備試圖阻斷鋪天蓋地而來的無人機洪流。

此時已心意相通的兩人，一左一右沉住氣，在大幅度震動的噪音中，同步著彼此的思緒與動作。

一秒過後，響徹整棟大樓的吵雜警鈴消停。紅色警示燈消散於空氣中。

再一秒過後，兩架無人機發出異化蟲般的尖銳嘶吼，從路障左後方蹦出。

同步完成。

昏暗的廢墟之中，兩名被無盡黑暗與惡意浪潮包圍的人類睜開眼。以普通人幾乎無法看清的動作，紗兒手中的格洛克18瞬間甩至左前，射線完全對準無人機的頭部中線。

『啪啪啪』三聲連響，解決。

同時，我稍稍沉下腰。右手化作一道殘影，黑色的戰術外套被快速的動作翻開，中指和無名指將犀牛式左輪迅速勾起。

刷——喀，磅——！

左輪手槍的槍口冒著白煙，第一發被送入槍管的麥格農彈已宣告擊發。繼旁邊的同伴後，另一頭急著送死的獵犬失去動力而摔落地面。

「兩架！下一批最近的，正前方！」紗兒一邊瞄向以手錶樣式固定的掃描器，一邊仍舉著手槍警告道。

「我知道！注意子彈殘量！」

話音剛落，更多「獵犬型」無人機相互推擠著，像極了貪婪的掠奪者，從路障的破口狂野地衝了出來。

獵犬型。顧名思義，他們有著狼犬一般的體型，極高的機動力與游擊作戰能力。過往人類瘋狂的軍用無人機實驗，賦予了它們在立體空間的優秀轉移能力，讓無論平地、牆壁、天花板，或是障礙物充斥的空間，皆成了它們絕佳的狩獵場。而且，相當於爪子的四肢，還有背部以及尾巴，全布滿了隨時能射出的鋒利短刺。

被各國軍方暱稱「三維度的暗殺者」，此名確實不假。

不過論室內近身戰，我這邊可不會落了風頭啊。

我手中的左輪不斷爆出火光，轉輪彈倉剩餘的五顆子彈一發不漏地分別送入五架無人機的腦袋，一旁的紗兒則在連射與點射的交替中，同樣打光了第一輪彈匣，順勢斷絕了向她衝來的四個「小生命」。

「紗兒，準備上刺刀！有時間再換彈！」我點燃引信，朝地板丟出兩顆信號彈，紅色的火光立刻照亮了我們半徑十公尺左右的範圍。

「瞭——！」紗兒簡短答覆，向後一跳暫停射擊。

說「上刺刀」，只是一種比較方便溝通的講法。不過基本上，對，意思差不多啦。

只見紗兒將手槍暫時插回腰際，右手大動作把一直拿在手中的方形「刀鞘」舉至身前，同時以拇指按下握柄上的按鈕。

原本保護用的刀鞘向內收縮，亮出的摺疊刃片隨著一串電子啟動音伸展開來。合金高速鋼材製成的刀刃一段段接合，隨著劈啪作響的電流通過利刃的前方，形成一道靛藍色的抖動直線。

「高熱切割法」。這把有著一尺長武士刀樣貌的科技武器，正是利用極度高溫高壓的電流光束橫在刃面前方，加上特別合金鋼構成的刀刃，形成幾乎可說是擁有《星際大戰》中「光劍」等級威力的武器。

而這武器的威力，用「斬鐵如泥」來形容絕不誇大。

紗兒將「電光刃」架至腹部左側，右腳一踏，低身朝離她最近的敵人衝刺。細長的劍身被大大向後拉。警覺到有人衝過來的三架無人機，也馬上朝紗兒身上撲去。但就在獵犬咬上少女的前一刻，紗兒一個迴身躲過三面的包夾。灰色的斗篷與束起的白髮隨風起舞，同一時間構築完成的電光刃被大力揮落。

宛如拔刀術的精準動作，以連我眼睛都來不及跟上的速度，俐落地把原本極具侵略性的三架無人機，砍半成六具金屬屍塊。

（可怕啊……可怕。）

雖然繼續看紗兒刺激的砍殺表演很有娛樂性，不過我這邊也是有不少客人要招待的呀。

僅剩空彈殼在彈倉中的左輪被我放回槍套，於此同時我的直覺感測到了從背後襲來的獵犬。兩架無人機高速變換著位置，從上方一躍而下。

緊接著，他們弓起身子，背上的針刺如箭雨般彈射而出。純粹卻沒頭沒腦的殺意，拖著顯眼的氣流直直朝我現在毫無防備的背部殺來。

這種攻擊還太嫩了，小鬼頭們。

就在我要被金屬尖刺貫穿的前一個瞬間，我將身體猛力一蹲，方才的尖刺『鏘鏘鏘』的陸續落空，刺入面前髒亂的地面。

電光石火間，我動用最大的臂力，一道光影從我懷中閃出。塵煙揚起飛散，空氣為之震動。漆黑的刀影帶著極為強烈的速度感，掃向還在半空中的獵犬們。明明伸長手都搆不著的無人機，卻在下一秒彷彿空間被折斷一般，雙雙人頭落地。

我以左手握住長相如短矛般的黑色棍狀物，在明滅不定的信號彈照耀下好像塗上了一層地獄樣式迷彩般，顯得比細長的外表更加邪惡。

棍刀。

沒有長劍的穿透力、沒有長槍的大距離。然而相對的，這個以長棍構成下半身、鋼刃構成上半身的冷兵器，具有一般刀劍所沒有的戰鬥距離，又比槍矛類武器更具殺傷力。而且，刀鞘反接上握柄即為棍身的特性，讓它有著方便攜帶的優點。

簡單來說，就是棍身變短、刀身變長的短薙刀，而後又經過我本人的調校特製而成。但因為微妙而尷尬的長度特性與重心位置，除了想要帥的小混混外幾乎沒什麼人會使用它。

不過，我倒是第一次用就挺順手的。

我拉回伸出去的棍刀，在上空轉了一圈又旋身揮下，整條合金金屬打造而成的凶猛利刃，帶著重力加速度的驚人破壞力，擊倒迎面而來的另一架無人機。說時遲那時快，一頭獵犬從紅色信號彈照不到的暗處竄出，才正準備要襲向我死角的那一刻，帶著雷光的刀鋒深深砍進它的頭顱，輕薄的裝甲因此破裂爆開。

「謝了，紗兒！」

「不用客氣，背後就交給我吧。」及時趕來支援的紗兒，撥了撥覆蓋眼前的髮絲，靠到我背後。

「那我也不能多讓步了……呢——！」

我手起刀落，地上『框啷』的一聲又多了一攤金屬殘骸。

我和紗兒背貼著背，彼此都將武器舉至身體中段。被照得赤紅的棍刀與藍色閃光包覆的電光刃，散發非請勿入的氣場，防範著任何試圖靠近的敵人。

「吶我說紗兒，來較量一下如何？」

「要比擊殺數量的話，我剛剛已經打倒不少了哦。」

「現在才開始算。」我咧嘴笑著。

「亞克真狡猾。」

語畢，不用再多做交流的少年少女，同時丟出早就握在手裡的金屬球。金屬球在凹凸不平的地面滾動幾圈，隨後在無人機群面前展開大量信號干擾煙幕。頓時失去聯繫的無人機「隊伍」嘗試強行突破煙幕並趁虛而入，但其中兩架成為先鋒的可憐蟲，卻被薄煙中冒出的鋒芒默契一致地刺穿。

兩人極高的同步率，不給洪水般衝來的無人機任何一丁點空檔。只見兩柄綻放不同光輝的刀刃被高高舉起、而後重重地揮落，又在沒有停格的下一刻，水平揮向前仆後繼的無人機潮流。

有時突刺、有時揮砍；裙擺一回回飛揚、黑靴一次次著地。我和紗兒不斷的交錯位置，迎擊所有想鑽漏洞偷襲的來訪者。

「三維度的暗殺者」，確實以超乎想像的機動性不斷在殘破的辦公區跳躍、瞬移、猛攻。然而面對兩條更快速的致命光影，以及大幅削減它們團隊獵捕能力的煙霧，就算是室內戰能力最傑出的ＡＩ型態，也只不過是會動的無腦活靶。

「喝——！」我單手旋轉棍刀，利用迴旋的力道直接把最後一架「獵犬型」用鈍面打飛到牆壁上。從牆面滑落的無人機試圖重新爬起，卻被紗兒猛突的刀刃了結了最後一絲電子信號的傳遞，再也無法行動。

「呼……這應該是目前最後一頭了吧？」我喘著氣，激烈的活動雖然激起了腎上腺素，卻也使我略顯疲累。

「大概……是了。這層樓附近沒有其他接近訊號……」瘦小的紗兒也留了相當多汗，直接席地而坐拿出水壺喝了起來。我也拿出背包中的水瓶，將內容物灌進口中。

「會累嗎？」我朝少女關心道，將腳邊被癱瘓的無人機一腳踢開。

「還好，休……休息一下，就好了。」

「妳說話的力氣可是已經把妳出賣了啊。」

我從外套口袋掏出手帕，蹲下身幫紗兒擦去前額和耳邊的汗水。出汗潤濕了她的髮際，稍微沾了點灰的白色瀏海貼在同樣白皙的額頭上。

「唔……」紗兒小小地呻吟道。

「別太勉強自己了，不然又像上次一樣倒下的話那可難辦。」

「我——我知道。謝謝。」

「不用客氣。」

似乎是大打一架後的疲勞感開始湧出，紗兒頓時有點無力地要向後倒，我連忙用手臂撐住她。堅強而又脆弱的少女在我的臂膀中大口喘著氣，過了一陣子，才逐漸回復血色，減緩喘息的頻率。

「好多了嗎？」

「嗯，好多了。」

紗兒對我笑了一下表示感謝，我也繼續撐著她的身體，直到她自己已經回復了精力並坐起身。

「還真是……好久沒這麼累了。你說是吧，亞克？」

「是啊……不遺餘力地大幹了一場呢。」

我環視回歸寧靜的室內戰場。打鬥過後的煙塵還殘留在空中，放眼望去，隨處可見比剛到這邊時還要更多的機械殘骸。我呼了一口氣，慶幸我們還活著這個事實。

然而上天可不會讓我們那麼早開慶功宴。

我和紗兒手腕上的掃描器同時嗶嗚作響，我的視線立刻拉回掃描器，熱感應顯示有更多無人機逼近我們所在的區域。

「看來，是不會那麼簡單放過我們呢。」

「要執行B計畫了嗎？」

「雖然從來沒說過什麼『B Plan』啦，不過，對，就是如此。」

將水瓶丟回背包，我掏出直到剛才為止都沒換過彈的左輪，往側邊一甩退出彈倉重新裝填。紗兒也起身拍了拍與髒汙地面接觸的連身裙，快速抽出自己手槍的彈匣並裝上下一輪彈藥。整頓完成，我將愛槍G36重新晃回身體前方。

隨著熱感應掃描器的嗶嗚聲愈來愈急促，幾分鐘前震動大樓的不祥之音再次降臨。不懷好意的機械群徹底封死了往逃生梯和外走廊的出入口，唯獨我們身後的天橋，依然好端端地躺在空中。

我和紗兒對看了一眼，點點頭。

「往天橋『撤退』吧！」

【間章】 一架無人機的視角

舊美軍製ＡＩ無人機 Bravo-45「灰象型」，在早晨冉冉上升的煙硝中移動攝像頭，向上定位於頭頂十層樓高的天橋。會促使它這麼做，是因為天橋鋼骨日積月累的塵埃殘渣，突然落到了它灰銀色的裝甲上。

熱成像儀啟動中的視野裡，顯示了兩個「人類」體格的個體，正在往偏東側大樓的橋一端移動，另外的反方向，則是初步估算為總共四十七架另一種「規格」的友軍。

儘管在互聯的資訊網中已經知道，那兩個人類被判定為「優先擊殺對象」，不過在那麼高空的地方，自己的機體不可能上得去。何況身上兩挺機關槍與一〇五毫米戰車砲的仰角也都不夠。

先坐等下一步指示吧，灰象這麼想著。

然而才這麼想的同時，附近的同伴接連透過資訊傳遞網發出警告：

【天橋斷裂了。】

看起來是承受不了大量無人機的重壓與狂亂的晃動，年久失修的天橋橋墩隨著驚天動地的巨響裂成好幾截，包覆橋梁的玻璃震碎於汙濁的高空。就像一疊卡在兩個盒子之間的蘇打餅乾，被徒手暴力捏碎的情景。

警覺到上空危險的灰象立刻退了十米的距離，確認脫離於鋼筋掉落物砸死自己的危機後，才再次定焦於隨同崩塌天橋一起摔落的目標。比對結果為一男性與一女性的兩名人類，此時彈出了一根細細的鋼索，釘進建築表面黑色的奈米金屬外皮上。然而他們依舊持續下落。

仰角足夠。

大口徑機關槍開始怒吼。

一男一女以鐘擺般的弧形軌跡，貼著東側建築外壁高速逼近，範圍內所有同伴的槍炮也加入了打擊的行列，成百成千的彈雨落在它們自己該守護的堡壘之上。

玻璃碎裂、殘骸飛落。在如此混亂的槍線中，這架第四十五匹被生產出來的「灰象型」也無法立即確定是否命中敵人。

兩名人類雖然以鋼索延緩了墜地的勢頭，但依然相當狼狽地撞擊地面，接連翻滾了好幾圈進入面前的地下車道。

全無人機進入重新裝填態勢，轟隆的炮火聲暫歇，取而代之的是陸續從天而降的獵犬型們，重重摔落地面而造成的機件碎裂聲。灰象不帶感情的在心中默默哀悼這些可憐的小傢伙，然後馬上接收到資訊網的傳輸命令。

//：編制內戰鬥單位_包圍鄰近座標25°03'38・7"N121°33'13・5"E_對象＝人類_：//

沒有任何機體遲疑，地面上、建築內、空中滯留的閒置無人機通通開始往狹小的地下車道擠去。做為最接近敵人的前鋒，這頭灰象最大馬力地朝車道口突進，其他友軍也跟在它身後。

紛至沓來的無人機引擎聲，將原本空洞的地下道擠得水洩不通。沒有一絲空隙能讓人逃得出去。

命令發出半分鐘後，包括灰象自己，五十架以上的禿鷹、銀蠍、灰象、獵犬型，徹底包圍地下車道唯一的出口。兩名人類縮在緊閉的車道閘門前，苟延殘喘地面對無人機大軍。其中的男性似乎是負傷，一晃一晃地扶著腰部與它們對峙著。

沒有用的。

雖然沒有可以表現情感的面容，不過灰象現在，確實在腦中暗笑著。

//：編制內戰鬥單位_開始殲滅當前座標對象_：//

確實接收了命令許可，全無人機開火。

那一瞬間，男性人類再度朝上空射出鋼索。

超高密集度的火力轟穿如紙片一般的地下閘門，薄薄的金屬碎片飛散於地面，擦出明亮的火花。但是，應予以殲滅的目標消失了。灰象型的雷達視界重新捕捉到人類兩秒前利用伸縮鋼索，往通道天花板飛去的身影。所有無人機的武器重新鎖定座標，然而，又在一次地，整齊一致的槍線射偏了。

這次換人類女性抱住男性，另一條鋼索「咻」一聲射進被它們自己轟開的車道入口。兩名人類立刻在空中變換軌道，身體被勾索強力的拉扯進入車道閘門之後的空間。

不妙，他們要逃走了。

男女再次摔落地面，然而這次不等無人機們重新鎖定目標，人類女性一個翻滾後掏出了被稱為是「手槍」的薄弱武器，往它們看不到的內部閘門側壁輕輕開了數槍。

『喀磅——』

幾架企圖趁勝追擊的「獵犬型」，被巨大而厚重的防爆門板壓扁。泛著銀色光輝的金屬隔離門，阻絕了所有無人機對於目標對象的視野與資訊探知。

灰象這時知道它們的火力大概轟不破眼前突然落下的防爆門。

而「人類」成功逃脫了。不過應該還在大樓內部才是。

總之先匯報吧。

在場所有無人機在數毫秒間交換了相同一致的情報，慢慢退出煙硝味瀰漫的地下車道。

//：全AI戰鬥單位_開始重新包圍座標建築_對象＝人類_2_：//

//：見到即殺_：//

【第392週】 末日倖存者#下篇

「咳——咳……」

我摀著腹部，重心不穩地靠上地下停車場的柱子。

「不要緊吧亞克！」紗兒強制讓對外的隔板門轟然降下後，拋下受損的步槍跌跌撞撞朝我跑來。

「傷勢如何？」

「沒事，小傷而已，沒什麼大……咳！」

被比一般子彈大了幾倍的重機槍彈擦身而過，就連防彈外套也免不得被扯下了一角，成了邊緣焦黑的破損戰袍。雖然只是「皮肉傷」，但大面積的溢血與燙傷，讓燒灼的痛楚依然折騰著支撐身體的軀幹。

相比之下，以肩膀接受墜地衝擊的疼痛感簡直是小巫見大巫。

「你受傷了！不應該貿然活動……呃——」紗兒見狀，連忙蹲下身想纏扶我，但方才撞擊地面對臂膀所造成的衝擊，讓紗兒的手臂動作變得僵硬而使不上力。而且，比起挫傷，她似乎也多了一層因摩擦地面而產生的擦傷。

「真的不要緊，小傷稍微應急一下……就好了。」

「唔……」

「而且妳也多關心自己一點吧。」

我無奈地對身上斗篷已被磨損不堪的少女笑了笑，紗兒也只好揉一揉自己的肩膀表示服從。我從背包掏出一小瓶罐裝噴霧，慢慢掀開襯衣，將噴頭對準受傷部位按下噴劑。

止痛劑的霧滴漸漸滲入皮膚與神經，特效藥所發揮的功效加速了傷口的凝血。難耐的刺痛終於流出體外，我將原本撐著傷口的手放開並鬆了口氣。

「先這樣就行了，拿去吧。」

我將噴罐傳給還在試圖舒緩肩膀疼痛的紗兒，讓她自己也處理一下傷勢。

「啊，謝謝。」紗兒接過噴罐。

「別噴太多哦，這罐東西好歹也有輕量麻醉劑在裡頭的。」

「好，我用一上點點就夠了。」

紗兒放下背包，並隨手解開斗篷的束扣，破損的灰色外衣隨著她手臂與身體的曲線滑落地面。而後像是想起什麼一般，瞇起眼看向我這邊。

「轉過去。」

「正面視人是紳士應具備的美德。」

「轉・過・去。」紗兒再次出聲威嚇。

「妳小時候都被我看光了現在還會在意啊？」我挑起一隻眼，看著前方扭捏的紗兒。

「人……人家好歹也十七歲了！被看會、那啥……很害羞的……」

紗兒的臉在燈光明明滅滅的地下停車場也顯得通紅無比，連說個話都開始打結。

然而面對這樣害羞的女孩，我依然義正辭嚴地說道：

「不讓女性離開視線是身為守護者的我的義務。」

「你……」

見到我依舊不屈服，紗兒心中雖然不服氣，但看在時間緊迫的份上，還是背對著我緩緩解開連身襯裙靠近領口處、最上方菱形寶石般的藍色襯扣。

覆蓋在美麗鎖骨上的皮膚與黑色襯衣形成強烈對比，用以固定衣著的小小扣子一個個被解開直到胸線以下，不在內衣守備範圍內的肌膚不爭氣地違背了主人的意願。

（嗯，我想我還是轉過去好了。）

預想場面會變得有些尷尬，正盤腿坐著的我最終還是依循「本能」，慢慢將身體正面轉朝紗兒的反方向。

不過眼睛仍然不禁往後偷瞄了幾眼。

紗兒羞紅著臉，盡全力「專心」在快速完成這件事上。包裹小小酥胸的運動內衣因汗水而浸濕了背部，腰部以上的釦子被解開後，少女將黑衣的上部由左肩褪去，露出白皙的肩頭。接著左臂上的輕傷於被褪下的襯衣下探出頭，傷口的不協調感中斷了臂膀光滑而白嫩的膚色。

雖然這麼說有點變態，不過紗兒成為如此一個「妙齡少女」後……從某些角度來說，美得動人啊。

可愛又美麗的少女縮起左手，右手持著噴罐輕輕搖了幾下，然後對著左臂的擦傷噴去。在傷口迅速地停止滲血後，便以褪下衣服時完全無法比擬的速度，瞬間拉起襯衣把扣子扣回去。

「好……好了，你可以轉回來了。」紗兒故作鎮定地撿起剛才脫下的斗篷。

「不用妳說我也知道。」因為還是看到了嘛。

少女再度紅透了臉頰。

「亞克！」

「沒想到紗兒真的變成熟了呢，我都感動到快哭了……」我故意用手扶著臉，作勢要痛哭流涕的模樣

「嗚嗚嗚……」紗兒同樣扶著額頭，只不過心境恐怕完全不一樣吧。

「那麼──事不宜遲，我們還是繼續往下吧。」

我就像什麼都沒發生過一般，把裝備重新揹好上路。至於依然還是有些不爽的紗兒則看了眼自己一直以來慣用的、卻已然毀損的狙擊槍後，不情願地跟上。

「以後都不跟亞克好了，哼。」

「我賭妳在十分鐘內就會自動消氣。」我也哼了一聲，但紗兒卻反而更加生氣了。感覺像是有口難言一般，少女不斷憋著字句，隨時都會爆發。

昏暗的地下空間空曠無比，一個接一個空著的車位，上頭除了七年時光累積的塵埃外一無所有。我走上布滿胎痕的車道，靠著最低限度電力運作的長條燈管，感覺隨時都會被無風的空氣吹熄光輝。

戰鬥暫時止歇的世界，顯得格外安靜。

不過兩人的爭吵卻拒絕了哪怕一刻的安寧。看來她終於想到要講什麼了。

「亞克真——的是變態！壞蛋！大笨驢！」

「就只瞄那麼一下下而以別在意嘛。」我揮揮手不以為然，但紗兒依舊怒氣沖沖的反駁道：

「身為女生就是會在乎啊！」

「想一想七年前還是妳自己要我幫妳洗澡的啊……」

「那、那不一樣！小時候哪會計較這種事嘛！」

「那就只好請妳回到小時候了？」我故意挑釁著紗兒。

「先生，你有毛病嗎？」

在島國上已知僅存的兩名人類，繼續在充滿敵對勢力的巨大建築中鬥嘴。

「說起來，如果我不好好看著妳的話，這世上可沒有其他人會關心妳這位可愛溫柔美麗大方、文武雙全又家事萬能的美少女囉？」

「……」

紗兒挑起一邊的眉毛，表達出就像是看問題人士的神情，不過這努力的演出依然藏不住臉上的紅暈。

「……好啦。」比腳步聲還大的爭吵終於在我的回合勝利之下落幕。

可憐卻了無生機的通道終於得以清淨，我們兩人持續走在金屬包覆的長直廊道。

「剛剛，那把步槍，已經不能用了是吧？」我在難得的空閒之餘跟紗兒確認裝備情況。

「嗯，在從天橋跳下來的時候為了護住身體，所以被打壞了。」

「這樣啊……」

紗兒顯得有些愧疚地說：「抱歉，最主要的武器就這樣……」

「別放在心上，畢竟也用了很久了吧。」我輕描淡寫地表示理解。

剛剛要離開停車場往地下室內部前進時，我注意到被紗兒拋下的R93步槍上各部件，早已被各種流彈的劇烈穿擊擦出彈孔、破壞了槍體本身的中軸，以至於無法再作使用。

不過紗兒也因此保住了一條小命，雖然不得不告別她的老戰友，挺令人難過的就是了。在簡短的對話後，我繼續步上探索的旅程。

僅憑那紙條上所寫的「地下室」三個字，實在無法判明到底在說何處的地下。是東側還是西側樓、抑或是外面倉庫區的地下倉庫，甚至是連通松山機場軍械整備室的地下，都一概不知道。

太多的潛在場所，卻又沒有足夠的資訊，只好從最有可能的地方開始探查。而對我的知識來說屬於「神祕地帶」的地下空間，應該只有一個地方。

那就是ＳＣＲＡ總部東側與西側的共通地下室——通常嚴禁任何非相關人員出入的，總部最深處。

地下「第四層」。

因為不屬於我的管轄範圍，因此我未曾多慮這個樓層裡到底有些什麼。就算問了局長，也只得到「無法透露機密」這般的回答。

當然，第一指揮組的其他人更不可能知道這地下四層的祕密。

然而，七年前，琴羽大概是在「離開」前被告知了地下室的真相，並寫了一個，給現在的我的字條。

如果不是這樣，她絕對不會留下這樣的訊息。

既然如此，我就必須挖出這最後的重要真相。

在明白目的地後，我們便從地下一樓的停車場開始向下走。隨後在建築中心部分的樓梯下降三層，並花了段時間爆破出入口的機械大門，踏進了一條長得不像話的通道。

昏暗的通道中，我與紗兒並行走著。

通道兩側依照一定間隔整齊排列的燈管，彷彿在指引我們直達前方的未知。兩雙腳所踏出的回聲於空泛的室內不斷來回反射，直到遠方的黑暗才銷聲匿跡。

「話說，以七年這麼長的時間來講，這走道也太乾淨了……」

紗兒手中拿著手槍，左顧右看地表達疑問。

「不只是一點歲月累積的灰塵都沒有，連剛剛一直充斥整棟總部的那些黑色怪狀機械也都不見了。」

就像是在嘲笑我們根本來錯地方一樣。

然而根據ＲＰＧ遊戲的套路，這種違和感通常是大事將臨的徵兆。

長廊通道終於來到了盡頭，在我們眼前的，是防爆鋼板門已經開啟、再更內側一大扇保存完好的強化玻璃自動門。

還有只要是在ＳＣＲＡ每個分部區域出入口，都會掛上的部門名牌：

「【Project……S・E・R・A・I・C・E】?」

紗兒努力地唸著奇怪的英文拼字，殊不知我已經擺出了踢擊姿勢，對準看似堅固的玻璃門並用力的迴身一擊——

『啪啦——』

布滿無數裂痕的玻璃碎落一地，取代原先位置的是一條穿著黑靴黑褲的腿。

「再怎麼說也別一腳踢爆吧……」紗兒無語地看著我粗暴的行為。

「不，這個、我不知道強化玻璃會這麼脆……」

本來只是想試試破門方式的，沒想到多年的光陰如此乾脆地無視這面玻璃的職責，於是在我一個迴旋踢之下，年華不再的玻璃門即刻瓦解。

「不管如何都打通了，就進來吧。」

我揮動收在鞘內的棍刀，清了清門框殘留的玻璃碎片，跨步進入比起之前相對短很多的走道。紗兒隨後跟上我的腳步，離開前不忘再看一眼方才刻字麗緻的門牌。

「『Project S・E・R・A・I・C・E』，到底是什麼東西呢……嗚啊——！」

剛把頭拉回前方就撞上佇立於走道出口的我，紗兒發出了小小的抗議聲。

「亞克你怎麼停在這種地……方……」

紗兒沒把話說完，自己也僵直於原地。

我相信在過去東奔西走的生涯中，我已經見過各種千奇百怪的場面。任何ＡＩ無人機、高級軍械武器庫、未來超高科技裝備的展示，又或是超大型的宇宙航空場……基本上沒有什麼「機械」是能夠再嚇到我的。

然而眼前的「東西」，完全是另一個級別的存在。

至少兩層樓高的巨大圓柱型空間中，無數顯示面板、儀表盤整齊劃一的排列於彎曲的外牆，毫不保留地用藍色光堆滿我們的眼瞳。空蕩的座位上沒有任何人，但卻也沒有任何歲月囤積的封塵之跡。

從天頂打下來的強白光，照亮這個空間的所有角落，讓人懷疑是不是區區這麼一個房間就貪婪地吸取了總部所有的電力。

不過就算在如此刺眼且不舒服的光線下，我們依然睜大了雙眼，並且各自舉起了槍。

但是持槍的手臂卻止不住無以對抗的畏懼感。

因為在這看似是實驗室的空間正中央，垂掛著一具令人顫慄、只存於「幻想」的「形體」。

「吶……亞、亞克，那個是……？」紗兒顫抖得比我更加劇烈，應戰時的冷靜幾乎快無法把持住理性。

「不知道……但是那應該是……ＡＩ——人工智慧？」

人工智慧有很多種。最邪惡的那種已經奪走了我們的家園。
而我們當然也不會因為又出現普通的ＡＩ無人機而嚇到失去冷靜。
此時，我和紗兒顫抖的槍口所對著的，是從未見過的ＡＩ型態：

「人型。」

上空灑下的無數燈火，照在那人型ＡＩ光滑的「皮膚」上，屬不清的黑色機械由「她」的背部向上、向外延伸到總部的每一處每一角。環繞其四周如肯．亞當為《奇愛博士》設計、圓環戰情桌般的環狀監控臺，也早已被沒有特定形狀的黑色機械取代，以呼吸般的頻率發出陣陣紫光。

而那個人型ＡＩ本身，有著女孩大小的軀體、極白的膚色，以及垂至地面的長白髮。

撇除她背部長出的黑色怪手不談，軀幹特徵根本就跟一般人類沒有區別。

得知了包覆總部的黑色機械，全數來自於這個中軸的驚人事實，不禁又令我打了個寒顫。同時「人形」壓倒性的氣場讓呼吸都變得汙濁。不該存於世間的樣貌已經徹底打散了我固有的知識認知。

口袋中的紙條傳來無形的低語：『有機會的話，去地下四層的房間吧。』

我瞬間憶起了自己幾小時前才說過的推論：

——「我想，那些無人機大概是在保護著什麼吧。」

——「也許真的發展出了所謂女王的存在。」

女王。

聚集的無人機群。

——「是你的話，一定可以的。亞克。」

S2e0r2A8I07C04e。二〇二八年七月四日，S・E・R・A・I・C・E。

統領一切、引發戰爭的女王……

這就說得通了！

「紗兒，朝前方那個人形射擊！現在！」

我回過神，壓抑住雙手的顫抖，重新架好槍。雖然眼下依然充滿許多不確定因素，甚至連「SERAICE」這串文字究竟是什麼的簡寫或名稱都不曉得。

但至少，地下四層的真面目……眼前的東西絕對不該繼續存在！

然而站在身旁的少女在聽見我的命令後，卻不為所動。

「紗兒……？」

紗兒原本持槍的雙手黯然垂下，手槍隨之掉落地面，眼神茫然地盯著前方的那個人形。我轉過頭再次看向那個垂掛的幻想之景。

驚悚的是。「她」已經在不知不覺經睜開雙眼，並且在額頭正中央，生成了一顆泛著紫光、寶石大小的發光體。

那瞳孔的色澤，是如宇宙般深不見底的黑藍色。

「喂！紗兒！妳怎麼了！快回過神來！」

紗兒依舊沒有聽見我的呼喊，睜大的眼球已經映照不出任何的情感。在前面神祕而壓迫感驚人的人形注視下，少女碧藍的雙瞳也染上了一層黑，並開始如傀儡般搖搖晃晃地走近那名人形。

（那東西……到底是什麼！）

我驚恐地看著不聽我呼喚的少女，拋下突擊步槍試著拉住她的手以阻止她繼續往前。

「紗兒！快回來，別再向前走……」

話還沒能說完，樹藤般的黑色奈米金屬從地板竄出，硬生生勾住了我的手腳讓我完全無法移動。

「什麼——！」我焦急地扭動身體試圖掙脫，但動個不停的金屬觸手強而有力的扣住我的四肢。方才好不容易牽住的小手，在人形恐怖而無聲的注視下，滑落了我的掌心。

不行。

不要——

「不要過去啊，紗兒！」

紗兒緩緩走上鐵梯，與有著她一半身高的人形面對面，黑藍色的邪眼與汙濁的藍瞳對視，彷彿時間凝結般紋風不動。無法掙脫巨鉗的我快速搜索著附近的環境，然而除了紗兒掉在兩公尺外的手槍，找不到任何有用的物件或情報。

情報——

這麼暗忖之時，我在距離我數尺遙的其中一個顯示屏上，找到了一行文字：

【S・E・R・A・I・C・E壓抑性高效率現實人工智能生命體實驗批號三七八】

很有用的情報。儘管前面的一串「形容詞」我不太能理解，可是現在至少確定她絕對是人工的知性存在了。

但是，也沒有用。

對於打破現狀根本毫無用處。

於此同時，紗兒像被操偶師擺布般，在人形面前雙膝跪地，並緩慢地伸出無力的右手。像是在尋求著些什麼，跪倒的少女伸長五指，雖然沒有自我意識、但也毫無懸念地——

觸摸到了人形額頭上寶石般的發光體。

接下來發生的一切，已經遠遠超出我的理解範圍。

女孩形體的ＡＩ先是將眼睛睜得老大，下一個瞬間，那名ＡＩ發出了電子音厚重、極不自然的破碎尖叫。

『啊啊啊……啊啊啊——啊啊啊啊啊啊啊啊啊——！』

發光體放射出極為強烈的紫色光輝，房間內所有其他的光源頓時消滅。仍然留在視野中的，只有懸吊在半空中、開始激烈晃動的人形，以及有如電流竄過全身般僵硬地向後大仰的紗兒。

「紗兒！」

已然波及整個空間的震動與高分貝的尖叫持續，劈啪的電光將環布房間的顯示器與儀表板一一燒毀，甚至有一些碎塊開始從天花板落下。

在宛如神話再現的空間中，我眼睜睜看著人形與少女之間併發純藍色的強光，隨著震波、雜音、落下的石塊，通通充斥著負荷度將超過臨界值的五官。

同時不知為何，我眼中前方抽動的光影在剎然之間，濾縮成一個飄渺卻明確的形體——

——彷彿狐妖一般的幻影，在無盡的光束間一閃而逝。

我無能為力地忍受這些快吹破耳膜的巨響。直到幾秒後，人形額頭上的光輝漸漸變弱，最後彷彿力氣耗盡般停止抖動並垂下頭，宛若一具本來就沒生命的死屍。

跪地的紗兒則如斷了線的人偶，頓時纖瘦的身軀失去支撐力量而重重倒在階梯上。

圓環空間內的照明不穩定地恢復，但顏色已經從無法直視的白光，變成盈滿空氣的紅色警示光。原本束縛著我的黑色機械簌簌縮回地面，我甩開殘留的金屬，用最大的力氣與速度跑向倒在黑色鐵梯上的少女。

「紗兒！紗兒，快醒來啊！」我將她輕盈的身軀扶起，左手搖著她的臂膀。紗兒就像熟睡般，安穩的躺在我懷中，臉色也依然流淌著生氣。只是剛剛那一陣無法解釋的嚴重狀況，我實在不敢認為她「沒事」。

此時我雙臂中的少女，就如同再也醒不來的睡美人。

「拜託了……醒醒啊，紗兒——」我祈禱著這只是暫時的昏迷，貼著耳朵聽著可能隨時都會消失的呼吸聲。

鬼魅的紅光充斥四周，偶爾的落屑與電流聲閃過耳際。

「妳再也醒不來的話，我要怎麼辦……」

現在的我已經成了哭哭啼啼的小男孩，在這荒誕而絕望世界的一角，閉上眼祈求僅存的一點希望與平靜。

突然，一隻溫暖的手扶上我掉著淚的臉頰。

「……不會醒不來的……我們約定過了，不是嗎？」

「——！」

我睜開淚眼，與甦醒的少女四目相對。

「妳……醒了……」

「亞克……也很愛哭呢。」

紗兒提手擦去我眼角的淚水，我這才能重拾笑容，以及她還在身旁的這份喜悅。

「誰叫妳……總是那麼需要人關心呢？」

「抱歉，不過我沒事了。因為我們有約在先嘛。」

「是啊。我會竭盡所能的守護妳，不再讓妳孤單。」

「而我向你保證，我會陪在你身邊，了解更多關於你的……唔？」

我吻上了紗兒的雙脣。

少女感到些微的驚訝與羞澀，不過隨後也以手臂環繞住我的脖子並回吻了過來。

我們兩人的眼中都盈滿了淚水。

而兩對嘴脣依然緊密貼合著，直到差不多該吸取氧氣才終於放開。

紗兒紅著臉，對我抱怨道：

「我話都還沒說完……」

「這叫出其不意。」我壞笑了一番。

「你這大叔挑的場合、時機都不對啊，完全沒有浪漫氣氛了嘛。」

「我可才二十出頭啊，別叫我大叔，小丫頭。」

紗兒將自己扶起身，順便朝我肚子毆了一拳。

「啊痛痛痛……妳哪裡不揍偏偏揍在我的傷口上啊。」

「這是你奪走少女初吻的賠禮。」

我舉雙手投降，無可奈何地接受這個反擊。好不容易歷經了方才令人心頭一揪的神祕事件，我轉換心情，視線移回空靈地掛著、彷彿斷了氣的人型ＡＩ。

「剛剛，妳接觸『她』的時候，到底發生了什麼？」

「我也不知道……從進入這個地方開始直到剛才，我的記憶都十分模糊，好像確實記得卻又想不起來的感覺……」

紗兒抱著頭苦思，不過顯然想不起任何記憶片段。雖然我在想會不會有可能交換了某種資訊之類的但是……

果然無從得知原因嗎——「沒事，想不起來就算了，這不是現在最急迫的。最要緊的——」

充斥周圍的紅光開始從持續的照明，變成警鈴般快速地閃爍。

前些時候一群「獵犬型」接近時會造成的震動，又再一度地開始擊垮我們頭頂的天花板。整個建築再次開始晃動，而且比起先前任何一次都還劇烈。

「最要緊的……是從這裡逃脫出去。」

我伸出手，邀請紗兒再次加入與死神邂逅的宴席。

「而這次，我們一定要兩人一起！」

這回，我確實牽起了她的手，而她也露出有史以來最燦爛的笑容：

「嗯，兩個人一起回去！」

††

我拉著紗兒的手奔跑，循著原路回頭，接著再往上爬一層樓至室內連通道與地下停車場的接口。
在逃跑前，我硬用蠻力卸下了暫時已經失去機能的ＡＩ人形，將其前額泛著靛紫色澤的發光體取下，同時帶走幾份堆積在操作臺的零散文件。差點犧牲了小命，卻空手而回的話，就太不值了。
然而，想從死神的鴻門宴中成功逃脫，各種角度來想——
絕非易事。
一般來說，想讓自己從這廣大的地下空問重出天日，除了樓梯和電梯，就只剩下地下一樓與地面連接的車道、以及連接松山機場的快捷地道。
而前者在我們見證那超乎常理的ＡＩ存在前，就老早被被我打壞、封死了。至於後兩者已經因強力隔板門而封鎖的現在，那群只依「殺戮」這個動機、這個命令而行事的無人機群，勢必會轉從大樓內部組織進攻。
屆時，如果不把建築內部的上下交通路線鎖死，那只能做困獸之鬥的我們，對它們來說根本就是手到擒來的獵物。
它們進不來，我們也出不去。一般來說是如此。
不過，我在這裡當情報員的那幾年，可不是白混的
「亞、亞克，出入口都完全被封死了吧?那我們要怎麼……」
「別擔心，『密道』總是會有的。」

因不斷跑路造成的疲乏，加上剛剛那起「事件」的後遺症，紗兒喘著氣，跟我於停車場的門口停了下來。我揮了揮手並示意她而朝門外看。

從門板貓眼看過去的昏暗視線之下，幾輛已經數年沒人動過的敞篷悍馬車，靜靜沉眠於停車格的灰塵之中。

「這層的停車場與上兩層不同，所有的車位都有設一個緊急升降梯。」

「嗯？」紗兒略帶糊塗地出了個聲。

「當斷電、戰爭或其他緊急情況時，總部的人員如果無法從正常出口出入，就會啟動整個地下停車場獨立的逃脫運作機制。」

「誒？」

「到了那時，所有車輛便能在不到幾秒的時間內，迅速降至一層之下的祕密連通道並匯集。」

「誒——？」

「接著便可在沒有任何外人知曉的情況下，從與機場近郊相連的外圍草坪密道逃出。」

「誒————？」

紗兒又是錯愕、又是不解，完全無言以對的覺得我根本就是在胡說八道。

「另外，我可沒在亂扯哦。」我一句話點破她無奈的心聲。

「SCRA到底是什麼鬼地方……」
「總之，只要能到達前面二十公尺那輛最近的悍馬車，我們就一定有機會。」
「好吧……就聽你的吧。」
紗兒調整呼吸，在門口擺好起跑態勢。我則扛起歷戰磨損的愛槍，裝彈上膛。
我舉起三根手指。

二，

紗兒以雙手握住手槍。

一，

我將手輕放在門把上

GO！

其實在我們衝出去之前，我們也知道除了悍馬車外，還有十來架虎視眈眈的「銀蠍型」。

纖細的門把被轉旋扯開，我和紗兒一同將門重重往外側撞去。不用說，這麼大的動作當然引起了無人機雷達網的注意。有著蠍型外觀的銀灰色輕坦克，組織成一圈滴水不漏而致命的銀色捕網。

我們一奪門而出，數十具的機關砲便朝我們半秒前所在的位置掃來。在大量火力的壓制下，我們奔跑的速度優勢逐漸被一發又一發的大口徑子彈追平。

不過，這些自視甚高的無心機械忘了一件久遠以前的教訓。

在槍林彈雨將擦過我們耳際、我們從門口現身之時，四顆填滿碎鋁箔條與鎂粉的干擾閃光球即以曲棍球滑行的高速，劃出完美的弧線滾入那些無人機的腳下。金屬滾球接連爆開，原本具極高殺傷力的無人機群，立刻因電子網路的訊號干擾而失明，成為一堆無法動彈的金屬雕像。

雖然效力持續時間不如七年前，直接駭入主網路覆蓋指令來得久，不過短短二十公尺的距離加上發動車輛引擎所要耗費的時長，足夠了。

「亞克，距離干擾戰效力消失還有……十五秒！」

「不要停下，直直往車子的方向跑！」

我們在閃光爆開的瞬間遮蔽目光，並輕鬆地從敵人所構成的「機牆」中穿梭而出。我領先一步，滑進悍馬車的柱子旁並動手甩開車門跳進駕駛座，轉動原本就插著的車鑰匙並祈禱這時代的遺產還能發動。

「還有八秒！」紗兒就算還在奮力疾奔，依然分毫不差地報時。

椅背後傳來悅耳的引擎隆隆聲，活了過來的車體儲備了二分之一滿的油，開始運轉身為陸上交通工具的一切機能。

「五秒……咿呀！」

「紗兒，快上車！」我從車窗探出頭，直接一把將紗兒猛力拎上車。輕盈的少女先是跌到我和副駕駛座之間，接著狼狽地摔進副駕皮質略硬的座椅上。

「唔……太粗暴了……」

「抱歉！不過現在沒有優雅的餘裕了！」

時間歸零，我打開車窗，往一旁柱子上的緊急按鈕狠狠地敲下。有如大夢初醒的眾無人機重新鎖定追獵目標，靠著知覺共享的聽音辨位，終於揪出了幾秒前就跑到後方的我們。

然而它們還來不及把車燈大開的悍馬車打成蜂窩，發出激烈馬達抽動聲的升降梯，便已將我們這兩名竄逃的人類送進下一層的密道。

整個車身霎那間大幅下降，在離開水平線的最後一刻，看見從麻痺回復過來的那些傢伙只能用子彈擦擦車頂的積塵，愉悅之情油然而生。不過現在還不是值得高興的時刻。

車燈照亮眼前泛黃的指標，顯示著地下匯流道的出口指向。我踩下油門，灰藍色塗裝的輕裝甲車就跟一匹剽悍的野馬一樣，狂野地衝出已經降下的停車格，四輪滾上鮮少被使用的地道路面。

雖然成功從難以對付的眾多「銀蠍型」手中逃脫了，不過敵人依舊健在。

「前方四十公尺，還有正後方，有一些獵犬從角落跑出來了！」紗兒抬起從步槍拆下來的瞄準鏡確認道。

「切……這些無人機有完沒完啊！」我一口氣把變速桿打到五檔，馬力不斷爆升的引擎聲響在筆直的地道迴盪，與另一邊機械的怪叫混合在了一起。

「直接撞上去嘍！」

「噢！」紗兒再次抽出不久前在另一邊大混戰用的電光刃，反手架在車窗邊準備迎擊另一波不知好歹的無人機群。

有著一般子彈穿不透的改裝甲板、四輪驅動力量高強的裝甲式悍馬車，絕非浪得虛名。上一秒還肖想跳上引擎蓋的獵犬們，下一秒馬上被撞飛至通道的內壁，四散了一地的報廢零件。

至於稍微聰明點，想從左右兩側繞道突襲的無人機，依然逃不過與車體激烈碰撞的「緣分」。

我眼角餘光瞄見一隻想從左側襲來的傢伙，就在它跳起的一瞬間，我大力轉動方向盤，悍馬車猛烈地向左一靠，撞上了通道的側壁，同時也「壓死」了這不幸的無人機並輾過它的軀骸。

緊接著，另外兩架「獵犬型」追上了高速行駛的車輛，撲進車窗準備射出那些細小而恐怖的尖刺。可是縱使它們已經離紗兒不到半公尺，從黑暗中亮出的刀刃依舊毫不留情地斬斷第一架無人機。

隨後，我換成大幅度地右轉，於此之時紗兒將劈啪閃著電流的利劍刺入下一架。車身再次與側壁衝擊，電光刃拽著獵犬型愈磨愈零散的抖動軀體，金屬機件與水泥牆壁之間留下一道焦黑的擦痕。火光飛散的同時，早就死於刀下的小小ＡＩ根本已找不回原本的樣貌。

「還行吧？」我一邊駕駛一邊撇頭問著。

「嗚……」

「——！紗兒，妳——」

一根匕首大小的暗色尖刺，像可怕的寄生蟲般蛀在紗兒右肩口幾乎快到脖子處，另一根則險些劃開側臉，釘在離頭部僅有一公分的椅背上。

「妳受傷了。」我放下激動的語調，冷靜地說著。

「沒、沒問題的，這種程度……我還撐得住。」

「真的沒問題吧？」

「嗯，不能停下，是吧？」

紗兒先是吸了口氣，憋住，接著奮力將惡毒的銳物一口氣拔出。少女眼中併出淚水，極端的疼痛讓她就算咬牙屏氣還是叫了出來。

我忍受著少女小小的慘叫，憂心地看著她肩上不斷出血的傷口，血肉破裂處所造成的傷害恐怕比我想像得還嚴重。儘管如此，紗兒還是先使用了剩沒多少的止痛劑，並以另一隻手按住了受傷部位。

忍著難耐的苦痛，她堅定的笑容回應我的愁雲慘霧。

——沒錯。已經不能停下了。

還有太多謎團未解。還有理想沒有達成。

然而現在能守護的東西都無法守護的話，那談何未來？

地上多出了許多機械殘骸，而歷經苦戰的悍馬車還在疾馳當中。不久，地面的亮光終於透進了只有車燈照明的地下道。

我側頭察看紗兒的情況，冷汗已經開始從逐漸失去血色的額頭流下。少女喘著氣，半天的行動已經耗損了太多精力。然而，我相信她還能撐一段時間。

（所以要撐住啊，就快要……可以回去了！）

我握緊方向盤，將悍馬車駛出昏暗的地下密道。

駛出我曾待過的故土。

駛出這惡魔般殘酷而危險的世界。

亮光刺進我的眼眸，在太陽已然升起的白光之中，還夾有赤紅而炙熱的橘紅強光。

兩顆戰車砲彈如末日的隕星，在短短一瞬之間轟至悍馬車前的地面。堅固的車輛像塑膠玩具般被輕易地吹飛，猶如車頭撞上了堅不可摧的路障，整臺車連根翻起，連同我們兩人的身軀高高地往上拋。

「──頭低下！」

次數用罄的鋼索無法救援了。

不會再有緩衝的機車了。

彈頭落地，土塊掀起。不過是為這個已經被遺棄的土地再添一道微不足道的傷疤，但要炸死兩個渺小的人類，兩發砲彈的量便足矣。

爆炸的衝擊撕裂我的五臟六腑，後腦杓撞上車頂讓我眼前黑了半片。這短暫的騰空漂浮，彷彿經過了半個世紀。玻璃的碎片、脫手的槍枝、硝煙的氣味，一切都像慢動作一般地呈現著。

而在體感的幾秒鐘過後、在「飛行」了好一段距離後，好似整個爆炸不過是小孩子發脾氣摔東西一樣，接近支離破碎的悍馬車『磅』的一聲巨響墜落早已寸草不生的地面。

不知道到底翻滾了幾圈。也不知道身體已經撞上充斥硬物的車體多少次。我感覺我的大腿好像被刺入了什麼東西，但同時也快感覺不到意識的存在了。

大腦昏昏沉沉，四肢再也沒有力量。

爆炸與劇烈的晃動消停，已經結束了嗎？因為世界再度回歸寧靜，所以我不禁這麼想著。

還是說這份安寧，來自於我這個人的「存在」的消逝呢？意識已離我而去，但我又同時身處意識的洪流之中。

紗兒……紗兒現在如何？她有活下來嗎？還是說，跟我一樣只是這個世界、已經不存在的過客呢？

不過反正我已經死了，多想，也沒用的吧。

不知道過了多久，也許數分鐘、也許數秒。微風中都市的黏膩感與日光的氣味，刺入我的鼻腔。右手手指觸摸到的，是愛槍堅實可靠的扳機護手，還有戰火摧殘下已然死去的泥塵。

原來我還沒死嗎。這麼一想的我，試著奪回兩顆眼球的視力。

睜眼所見之景，我已經不知道該驚愕還是淡然接受了。

我的身軀被紗兒扶躺著，少女因為我意識的回歸而喜極而泣。雖然雙耳還處於半聾狀態，不過我知道她正大聲呼喊我的名字。

應該是非常幸運地還能動作吧，所以在翻車後就把我從一旁已經冒著小火的車裡拖了出來。而在十公尺開外，兩架砲口依舊冒著煙的「灰象型」癱倒在灰石堆中，對著我們大大轟擊之後就動力不足而癱瘓，這姑且還算是萬幸。

比較大的問題，是上空死盯著我們的「禿鷹型」。

至少四十顆血紅的無機質「眼睛」，正不負其名地看著地上奄奄一息、唾手可得的殘廢獵物。我不清楚為何它們不馬上開槍，不過可能是在享受紗兒驚懼的眼神所散發出的絕望吧。

結果終究難逃一死嗎……

我痛苦地咯著血，無力的看著眼前的光景，回到身體裡的感官，除了痛覺、痛覺，還是痛覺。

以及，紗兒顫抖的手臂傳來的害怕情緒。

前排幾頭禿鷹慢速低飛接近，紗兒不斷的在我和那些無人機之間來回看著。眼神無助、而又無計可施。這種時候，恐怕就算是我也沒辦法保持冷靜了。

同伴瀕死、四面楚歌，肩膀的傷口還流淌著血的情況下，懼怕的感情膨脹至極限的少女，能做到的、能想到的，只剩人類最原始的本能：

對著未知、對著深不見底的黑暗與恐懼放聲大吼。

『『『不要過來——！！！』』』

塵埃落地，世界再次歸於寧靜。

但就算是我也感受得一清二楚，帶著磁音的大叫，還有彷彿大量電磁通過般的震盪波，迴盪於冷凝的空氣。

本來正在前進的無人機，全部停下了。

血紅一片的燈火，一個個轉成放低警戒的海藍色。

就像被啟動了什麼開關或被命令了一般，充斥空間的敵意與殺意瞬間凍結。空中的獵捕者們迷茫地停滯於原地，就連用盡全身力量吼完的紗兒也無法理解到底發生了什麼事。

不過這個瞬間，我理解到了一件事，那就是──

我以怒氣填滿難以言喻的疼痛，抬起G36突擊步槍的附掛榴彈發射器，對準空中最接近群體中心的禿鷹型，手指切換到操作榴彈的扳機上。

──「機不可失」。

「喝啊啊啊啊啊啊啊！」

我扣下沉重的扳機，圓頭的榴彈隨著我的怒吼彈射而出。紗兒從驚懼之中回過神來，用左手將已經有些破舊的斗篷甩開，準備保護我們倆於又一個爆炸的衝擊之外。

紅灰色澤的榴彈以半秒的飛行時間命中目標，緊接著，燒霰榴彈爆出炙熱的光輝，完全燒盡了被命中的無人機，並像破片手榴彈引爆般四散。

連環爆炸持續，火藥、碎片鑽進其他禿鷹的羽翼之中，旋翼爆開的無人機紛紛墜毀，成為躺於眾多殘骸中的、微不足道的其中一個。

最後一架無人機冒著黑煙墜地，卡在砂石泥土裡的深藍色探測眼球，閃爍了幾下後便永遠失去光輝。

硝煙瀰漫低空，太陽已完全升起。雖然有薄雲遮蔽，但現在我們頭頂上的白天，是淨空的。

我筋疲力竭地放下槍，剛剛能單靠意志力就將其舉起，實在堪稱意志造就的奇蹟。紗兒也放開握住斗篷一角的手，抬頭望著有雲但清澈的天空。機場平地的開闊所挾帶的冷風，也被日光罩上了一層暖衣。

「我們做到了……嗎？」

「是啊，我們逃出來了。兩人一起。」

「是嗎……太好了……」

紗兒泛淚的雙瞳終於止不住，豆大的淚珠滴上我的臉頰。

「我以為……我以為……亞克你真的要死了……」

「笨蛋，不是說好我不會……咳……不會自己隨便死掉的嗎？」

紗兒不斷又不斷的擦著淚，而還沒回復到能動的狀態、只能躺在她腿上的我，也甘願承接現在這名少女所有的情緒與淚滴。

「……對了，亞克，你受傷了……」好好地哭了一陣才終於舒緩的紗兒，看著我腿上一塊大片而突兀的碎玻璃說道。

「啊，全身都在痛，就忘了……幫我拔下來吧。」

「好。」

紗兒稍微挪移位置，用帶著手套的雙手小心地握緊碎玻璃，然後在靜待了一會兒後，快速而果斷地拔出。

「那個，不會痛嗎？」紗兒有些訝異我竟然對痛覺無動於衷。

「畢竟已經痛到沒感覺了呢，這種痛楚不算什麼。」我沒什麼表情變化的回答。

（痛死了，我的媽呀。）

我強顏歡笑，在忍住了世界無敵痛的「手術」後，重新看向紗兒。此時她正取下脖子上一直綁著的黃絲帶，並且在我還來不及阻止時就用其綁住我的大腿止血。

「這樣好嗎……？」

「本來就是亞克送我的東西，我想怎麼用都行吧？」紗兒展現出沒得商量的態度。

「既然妳都這麼說了，那我會好好珍惜的。」

「回去你可要把沾上的血漬清洗乾淨哦。」

「好，好……哈哈。」我無奈地聳了聳肩。

已經被縮小到遠處的ＳＣＲＡ總部，散發著黯沉的光芒。

靜默的殘骸們不再出聲，唯有悍馬車靜靜燃燒的聲響，混雜在一月颯爽的涼風之中。

遠方，應該還是有無人機，正在尋找我們的下落。

但可惜我們已經散會了。

紗兒撫著我髒亂的黑髮，我們彼此微笑的看著對方。心底感謝互相從前至今的陪伴，還有，感謝我們如今的存活。

我終於得以最小限度的坐起身，紗兒則保持跪姿輕輕地扶著我。

「回家吧。」我看進她那碧藍的雙眼，溫柔地說道。

「嗯！」

少女純真而感動的淚水，落進灰白、但帶有點棕色的塵砂之中。

身為最後的生還著，我們繼續譜下嶄新而傳奇的一頁。七年過去，情況沒有變，我們，也沒有變。

有時候，命運並不是那麼容易改寫的東西，拯救世界、復甦文明的空談如果無法實現，那也永遠都只會是個笑話。

但假如能守住那麼一個脆弱的理想，那不去改變也罷。

那些傢伙依舊統治著這片疆域，而我們今後也將繼續過著奮戰的生活。

不，也許還是有些改變——

那就是我們一起寫下了更多可供追溯的回憶。

終章　追憶

水珠由天花板裂開的縫隙滴落。室內瀰漫一股陳舊而清淡的霉味。牆面的油漆早已剝落，接近地面水平的細窗透進沒有溫度的日光。長時間沒有人類活動讓兩束青草在角落苟且偷生。我靠坐在這個破舊矮房的門邊，身處內外合一的靜默之中。

唯有水滴持續如鐘錶計時般滴答落下。

從討回行動的那天起，只過了五個日夜交替。

我低下頭，看著手中被暗沉的深紅玷汙、斑駁而破舊的黃絲帶。上頭的血漬早已乾化，過多的塵埃與歲月將原本鮮豔的金黃色洗成沾滿灰的淡黃。

乍看之下，根本就只是一塊久未洗潔的破布。

然而卻是她唯一遺留的東西。

那一天，我們包紮好了傷勢，離開無人機的巢穴。中途，因為腿上傷口的疼痛實在不良於行，她便扶著我安置在小巷中休息，說著「我出去看看情況」後自己跑出細窄的小巷。

接著巷口發生了爆炸。

一顆砲彈不偏不倚打落她所在的位置。

火焰映照在我赤紅的失神雙瞳之中。幾雙金屬巨足踐踏她剛剛所站立的焦土。

烈焰熊熊燃燒。近距離之下，我親眼目睹紗兒柔弱的身軀，在鮮紅的陰影之中瓦解。

——「我們約定好了哦！」

少女輕柔的約束，在灰燼紛飛的熱氣中飄散。

巷口，無人機的砲膛重新裝填，尋找唯一還活著的人類。

我抓起槍，逃出陰暗的巷弄。

……

除了風聲和水滴聲，依然沒有任何其他雜音。但所呼出的空氣，卻異常冰冷。攜帶的口糧在幾天前就沒了，最後一口水也在數小時前就已飲盡。突擊步槍僅殘餘一個彈匣，左輪彈倉內還有五發。所有的榴彈也只剩腰上的僅僅一顆煙霧彈。正可謂「彈盡糧絕」的危急情勢。

我握緊靜躺於手掌中的黃絲帶。

已成絕響的心意在我耳畔迴盪。

曾經，有一名男孩，夢想著成為英雄。

然而英雄還未崛起，就已先凋零了。

抱歉啊，我已經……不配成為英雄了。

因為我沒能好好守護妳。

——「你有想守護的人、有想拯救的世界嗎？」

當然有啊。但是……

——「是你的話，一定可以的。」

現在的我已經做不到了。

——「一定沒問題的，因為我們約定好了哦！」

……

塵砂在外頭靜靜翻滾，滲透無機質的冷風而灌進空虛的內部。

我將再也回不來的摯愛之情捲上失去光輝的紫色晶體。破舊的黃絲綢裹著再也解不開的謎團，被我安放於沉默的窗臺。

也許，終有一天會有人撿走的吧……又或是被這座城市永遠遺忘。

我毫不在乎地胡想著，抬起淚痕乾卻的面容，從細窗向外斜瞥。

「今天外面還是一如往常的『熱鬧』呢，妳說是不是……紗兒……」

可惜這次無法帶上妳了。

外面，單色調的死寂廢城中，寂靜得令人耳鳴。數百架ＡＩ無人機自從五天以前追到這裡就再也沒有動過，只是默默散發著恐怖的戰慄感。

然而所有槍砲的雷射線，恐怕早就對準我旁邊唯一的出入口了吧。就像貪婪又狡猾的鬣狗群，在展開圍捕後，只要沉住氣慢慢等待，直到獵物筋疲力竭，就可以輕鬆地完成獵殺。

而顯然它們已經迫不及待了。

家裡的那一叢藍薔薇，大概已經枯光了吧。說起來，本來還想帶紗兒去看看一片無盡的花海來著……

我閉上眼，呼出一口顫抖的寒氣。手指抓著槍機拉柄，將武器靠緊身子。

「哼……」

這幾天的邀約還真是盛情不斷啊，一群該死的Drones。

喀嚓。

我睜開眼。

††

白得發慌的日光燈，從天花板一大片單調的素色塑料打透我眼皮。我感覺頭上某種裝置被摘下，失去遮罩的視網膜無聲的反抗，莫名強烈的光線使我難以睜眼。

加上毫無情調可言、充斥機械金屬味的實驗室特有「香氣」，瞬間被大口吸入鼻腔，害得剛「回來」的我鼻喉焦癢難耐。

煙塵的氣味早已散去，在我眼前的也並非斑駁的牆壁或積水的地面。

我勉強讓宛若夢遊中的意識迅速收縮，以五感釐清周遭的狀況。現在，我身穿熟悉的SCRA局內制式襯衫、仰躺在一床純白色的簡易棉鋪上。不知名機械轉動的馬達聲逐漸停歇，我也完全睜開赤紅的雙眼，冷冰的空調向我的感官襲來。

這裡，到底是……？

「第四十三次『銀冰』模擬實驗，結果依舊是失敗嗎……咳咳，抱歉，實驗結果：達成率百分之八十一，收束點為否定。以上為本次的簡單報告。」

「好，之後請記得把詳細數據資料寄到我這邊……啊，亞克，你醒了嗎？」

兩道女聲在我耳邊響起，我側身慢慢坐起，只見一名身材勻稱的白袍少女在我右側操縱著觸控屏，另外稍矮、帶著圓眼鏡的女性聲源則來自稍遠坐於數個電腦螢幕前的嬌小少女。

「這是……琴羽……小雪？」我以乾渴的喉嚨發出有點沙啞的細音。

見我試圖奮力爬起，被我稱為「琴羽」的少女，同時也是我印象中團隊的「決議長」，趕緊輕輕壓住我右肩制止。

「不要勉強自己，你才剛結束虛像模擬……」

「這裡是哪裡？」

「戰況模擬實驗室，你剛剛沉浸在虛擬世界的『幻境』中。」

「模擬？幻境？到底在說什……」我無法立即理解從她口中道出的話語。

「你會意識錯亂很正常，」琴羽強硬打斷我的話，繼續解釋著。「幾小時前，我們屏除了你的原始記憶，讓你進入虛擬空間中模擬『未來』的特定時間點進行特殊作戰，並且，擷取其中的數據做為參考。就結論而言，最後以失敗告終。」

「而因為這樣的過程，就像是在做長夢，所以會殘留一點『夢境』裡的記憶，還請不要擔心，過一會兒就可以恢復正常記憶囉。」

工作告一段落，站起身並摘下眼鏡擦拭的「分析員」小雪，一邊接近一邊補充著。

「夢境？但是，我剛才確實是……」我眉頭緊皺，手撐著頭試圖回想些什麼，然而思緒的洪流卻把我沖往「現在」的現實。

夢境……幻覺……感覺就像永遠觸碰不到的預知夢，卻又無比深刻……

那剛才的那些「回憶」，到底是怎麼一回事？

一切都顯得好不對勁，不論是剛剛的回憶、現在所看見的現實，都……

「那些是虛假的，先冷靜一下吧。實驗開始前你也確實了解這個副作用了，不是嗎？」

琴羽遞了一杯水給我，但依然焦慮的我顫抖地推開她纖細而溫暖的手。

「不對……不對！我還記得，她——」

奇怪。

「她」是誰？

該記得的名字、該守護之人，這「幾年」來我最重視的「她」……

到底是誰？

[redacted]的聲音、[redacted]的模樣，想不起來。

[redacted]是……誰？

「呃呃……啊啊啊……」

太陽穴傳來一陣痙攣般的刺痛，使我發出不成人聲的呻吟。我胡亂抓扯自己的頭髮，回憶的亂流翻攪著我的腦額，凍結的思考已經分不清哪些記憶是真實、哪些又是純粹的幻想。

靠近的小雪似乎跟著我的舉止慌張了起來，憂心的神情在虛像模擬機前注視著我。

「那個……琴羽姊，這這、這樣下去是不是不不不太妙啊！」

「每次都這樣嗎……唉，這點總是最麻煩的啊……」

琴羽懊惱地搖了搖頭，接著以手掌輕觸我的前額。

「再睡一會兒吧，亞克。」

我赫然停止顫抖與恐慌，力氣與意識感覺都被抽離體內。我身體發軟，癱倒回床上。琴羽以極度認真的眼神看進我模糊的視野，紫水晶般的雙瞳在最後一絲意識中閃爍。

「該『真正』醒來了，『英雄』——」

我跌回夢中的世界。

然後，第三度地……

我睜開了眼。

——《塵砂追憶01 - The Last Survivor》完

「在戰爭中死去並不可怕，可怕的是如此多的犧牲還沒有換來和平。」

——溫斯頓・邱吉爾

【夢境】 Another Route

「前面那裡看起來很熱鬧呢。」男子舉著望遠鏡感嘆道。

「那麼多『Drones』聚在一團，還真算少見。」

一男一女的組合站在某棟廢棄大樓的屋頂，在不會驚動到他們口中的那群「無人機」的安全距離外，望著遠處悄然無聲的騷動。

「好像是在針對右邊房子裡的東西吧，不知是倖存者，還是……」

「應該是某些倒楣的生還者吧，又或只是可憐的小動物。不過我們也沒有壓制的力量，走了。」女子放下望遠鏡，神情凝重的說著。

「喂、喂！不去救他們嗎？」看見女子準備走人，男子連忙叫道。

「恐怕以我們的力量，也無法全身而退。」

「那有可能……那有可能是他啊！」

「……他早就已經不在人世了。」女子抬起不帶任何情緒的面容與視線，側眼瞪著男子。

「但是我們從沒找到過他死亡的證據啊！」男子義無反顧，拉著女子的手臂要求她停下。女子身體一晃，再度轉頭面向男子。

「他已經死了。不會再復生了。」

「亞克可能還活著！這不是妳一直期望的嗎，琴羽！」

「亞克已經死了——！」琴羽怒斥並甩開男子的手，在這一瞬間，已經死去的雙瞳流入了那麼一點的情感。

「琴羽……」

「……七年前就失蹤的人，我們不能再冒著風險四處尋找。嚴格來說，他已經被判定K・I・A了。別忘記我們這次回來的目的，維特。」

「……『在不被任何敵方勢力發現的情況下，完成對SCRA舊總部及周邊的調查。非絕對必要，不參與任何戰鬥』，是嗎……」維特失落的放下手，有氣無力的複誦著。

「對。外部的調查結束了，我們也無法進入太過於危險的內部調查。所以，快上直升機，我們不能在此待著。」

「唉，遵命。」

直升機開始運轉的旋翼，吹動琴羽身上的寬大風衣。兩人一前一後踏進降落在高樓頂部的直升機座艙。繫緊安全帶後，琴羽再度望向無人機大軍的方位。

人，總是一味地追憶著不復存在的過往，導致自己止步不前。

然而沒有前進，就意味著永遠無法達成理想。而失去理想的人類，與已然死亡的靈魂無異。

這是你以前親自教會我的事，亞克。

但是……在早已失去了你的世界，期盼於反攻的我們，又該怎麼做呢？

螺旋翼高速揮打著空氣，掀起樓頂一層薄薄的塵砂。

隨後，飛離了這個世界。

——支線【夢境】完

後記

「第一集就死人啦!作者太沒人性了!」我也想這樣罵我自己、也已經做好收刀片的準備了。幸好我應該不用這麼做?

大家好,我是亞次圓。

首先感謝看完了這篇故事的你。真的真的十分感謝。

我做為一個曾在 YouTube 小活躍的影音創作者出身,會講出上上面那句話通常都是在影片之中,寫在後記開頭還真是新鮮的體驗(笑)。不過我怎麼都沒想到,這部作品可以這麼快就出版與大家見面(雖然因為某些緣由延了一小段期間),而這也使我時刻提醒自己是多麼幸運、可以如此順利就將自我的創作延伸到下一個領域。

那來講講《塵砂追憶》這本書。這個「世界」。

《塵砂追憶》跟我幾個月前發布過的另一部作品一樣,也是從網路連載起頭的物語。二〇一八年秋,我開始連載這部關於末世、關於人工智慧與人類關係探討的連載小說,那時候也僅是嘗試著寫寫文字、試圖為了推動「作家」這樣的小夢想而奮進著。

我會想執筆，其實也只是為了一些挺狂妄的理想。

做為常在動漫圈子混水摸魚的 YouTube 創作者，我在四年的網路創作生涯中閱覽了不少作品，推薦了、點評了、入坑了無數的迷人世界。而做為一個訴說他人故事的傳頌者，我也一直期待著自己有一天，能夠創造出屬於自己的「故事世界」。

因此，完完全全不成熟的拙作《塵砂追憶》就這樣誕生了。

怎麼可以把標題弄得如此不吸引人呢？打個《末世幼女養成計畫》或是《被變態無人機追殺的我該如何是好？》好像都不錯吶？

好吧，我這樣可能很母湯。回到正題。

「追憶」是一個關於兩人在末日之後相依為命的故事。

為什麼要敘寫末日、寫科幻呢？其實也沒特別的理由。

我只是純粹喜歡看人類在災難中掙扎的模樣。還有末日的淒涼絕慘。

喪心病狂啊。

總之我給了他一個很荒唐的初始設定：那就是在「四戰」之後，全世界的人類通通死光光……幾乎啦。臺灣因身處戰略要地，在當時被部署了許多美軍無人機做為

「增援」。但是在突如其來的「大災變」中，反而成為人工智慧暴走之下最大的受災戶。而唯一活下來的主角，在廢墟中撿到了奇蹟存活的女孩，兩人就此展開一段末世中的日和與冒險。

原本就只是這・樣・子・的故事。一個沒發生什麼大事、在無人末世中要怎麼過活、晚餐要吃啥的小品故事。

結果就像天神在調藥劑的時候不小心把奇怪的東西倒太多進去，於是乎催生了一坨莫名其妙的元素。伏筆愈埋愈多、想寫的東西也愈來愈多，最後就不再是臺北廢都白髮幼女七年養成計畫了，嘿嘿。

接著「哎呀」一聲，唯一女主角就如此輕易掛掉了，作者喪心病狂啊！

不過請大家不要緊張，這個系列還會有第二集的，而到時候你們也會發現第一集全是一場「　」。「追憶」還會有更多的未完待續、更多的情感與關於末世的記憶。還有如果我做得到，我希望透過這部小說來探究人類vs人工智慧的本質到底為何。

畢竟我還是個初出茅廬、有太多學而不精的東西的新人。而大家在閱讀時想必也會見到不少諸如「86」或「Fate」這類作品的影子。因為我確實就是在深受這些動畫、輕小說的薰陶之下，才催生了「追憶」的世界觀。但神奇的是，寫作時我幾乎沒有意識到過「俺好像在模仿這些作品呢」，而是直到寫完後有讀者留言心得，才扶著額恍然大悟自己捏他了多少奇葩的元素進去。

反正，只希望大家還喜歡目前的故事。為了這部小說，有許多人付出了很多，要感謝恐怕都是感謝不完的——

感謝呂尚燁編輯，沒有編輯團隊的幫助，那我的夢想恐怕很難成真了。然後這本書一定讓你吃了不少苦吧？哈哈哈哈哈哈哈哈呃對不起。

感謝ＣＯＬＡ老師，末世的那種荒蕪美感和男女主角的神態都呈現得太棒了。被戰爭轟過爬滿植物的臺北還真是棒呢（嗯？）

感謝八千子老師、月亮熊老師，雖然前者是個妹控作家卻也一路上給我各種寫作與出版的建議。幸好我自己沒有妹控到那種程度就是。

感謝椎名與一折、歧響音樂，還有樂手、歌手的廣大製作團隊，精心設計了很符合意境的好曲子啊嗚嗚嗚。

感謝我的家人，每次寫完後還要叫我爸幫忙潤稿實在是辛苦了（拜）。

還有許許多多數不清的感謝、在這篇後記完成時沒感謝到的感謝，希望都有把這些感恩之情傳達到並塞進這本書裡頭。

最後，也感謝在這一頁白紙黑字面前的你。

是你，讓亞克與紗兒、讓更多人的物語得以存續。直到世界消亡的那天。

最後——

《塵砂追憶》是乘載了我過往所有一切的作品——我希望它「可以是」這麼一部故事。它不僅僅是一本書、一個系列。我想構築的，是一整個世界：一整個容納我所有創作、所有寫出來的故事的世界。

今後，你也許會看到更多的轉折與相會離別；

未來，你或許會見到更多的角色及價值觀探討；

關於「Project S•E•R•A•I•C•E」、關於紗兒的身世以及更多沒收尾的暗示。甚至如果往後有機會將其他我腦海中的小說系列都慢慢地呈現在各位眼前的話，那將會是一個十分驚人的世界。或是說，一個環環相扣的故事宇宙。

這是我最為瘋狂自妄的大夢想。

也冀望，這樣的夢想能有實現的一天。

或許會需要許多許多年的時間累積，不過我超想達成這樣的壯舉的啦。順帶一提超展開的第二集不久之後(馬上)就會和大家見面了，敬請期待！

另外不論在臉書、推特、ＩＧ或是ＹＴ等社群媒體都能找到我的身影唷。

那麼，我是亞次圓。願這個世界，終將迎來她最淒美的終末。

後記執筆時聆聽：景色／花譜

亞次圓01／14／21筆

【人物設定圖】

【紗兒】

平常是隨處可見的平凡少女，然而在危機來臨或身處戰鬥時，擁有冷靜的思路與堅強的心智，有時甚至到了冷酷的程度。

從小在孤獨中長大，在大災變後數週被亞克救起，並在那個人的訓練與共同生活中學習如何在終末的世界中生存。

討厭的東西來自於某一次外出勘查時，被建築廢墟衝出來的一隻凶殘梅花鹿撞倒，從此痛恨所有在道路上亂跑的生命體。亞克除外。

【亞克】

靠著在演訓期間展現的驚人判斷力和情資能力，年紀輕輕就成為特殊機構ＳＣＲＡ的一線情報員。然而身為情報員，卻未能在第一時間警告大戰的影響，對此終生愧疚，但也作為據己所知最後的人類而持續生存著。

在末世生存七年的經驗讓他擁有不錯的戰鬥能力。不過如果誰惹他生氣，尤其是敢碰紗兒一根寒毛的話，那就不只是「不錯」而已了。

認為耗費子彈在又小又難打的飛行無人機上十分沒效率，但偏偏這種雜兵又遍布整個城市廢墟，因此打從心底地討厭這種人類科技的產物。

奇炫館

塵砂追憶

作者／亞次圓　封面繪圖／COLA
發行人／黃鎮隆　副總經理／陳君平
副理／洪琇菁　國際版權／黃令歡
執行編輯／呂尚燁　美術主編／陳聖義
企劃宣傳／邱小祐
出版／城邦文化事業股份有限公司　尖端出版
台北市中山區民生東路二段一四一號十樓
電話：(〇二)二五〇〇七六〇〇　傳真：(〇二)二五〇〇二六八三
E-mail：7novels@mail2.spp.com.tw
發行／英屬蓋曼群島商家庭傳媒股份有限公司城邦分公司　尖端出版
台北市中山區民生東路二段一四一號十樓
電話：（〇二）二五〇〇—七六〇〇（代表號）
傳真：（〇二）二五〇〇—一九七九
中彰投以北經銷／楨彥有限公司
(含宜花東)　電話：（〇二）八九一九—三三六九
傳真：（〇二）八九一四—五五二四
雲嘉經銷／威信圖書有限公司　嘉義公司
電話：（〇五）二三三—三八五二
傳真：（〇五）二三三—三八六三
客服專線：〇八〇〇—〇二八—〇二八
南部經銷／威信圖書有限公司　高雄公司
電話：（〇七）三七三—〇〇七九
傳真：（〇七）三七三—〇〇八七
香港總經銷／城邦（香港）出版集團有限公司
香港灣仔駱克道193號東超商業中心1樓
電話：（八五二）二五〇八—六二三一
傳真：（八五二）二五七八—九三三七
E-mail：hkcite@biznetvigator.com
馬新經銷／城邦（馬新）出版集團　Cite(M)Sdn.Bhd.
E-mail：Cite@cite.com.my
法律顧問／王子文律師　元禾法律事務所
台北市羅斯福路三段三十七號十五樓
二〇二一年二月一版一刷

■中文版■

郵購注意事項：
1. 填妥劃撥單資料：帳號：50003021戶名：英屬蓋曼群島商家庭傳媒(股)公司城邦分公司。2. 通信欄內註明訂購書名與冊數。3. 劃撥金額低於500元，請加附掛號郵資50元。如劃撥日起 10～14日，仍未收到書時，請洽劃撥組。劃撥專線TEL：(03) 312-4212 ・ FAX：(03) 322-4621。E-mail：marketing@spp.com.tw

國家圖書館出版品預行編目資料

塵砂追憶 / 亞次圓 著. --初版.
--臺北市：尖端出版, 2021.02
面；公分.--(奇炫館)
ISBN 978-957-10-9305-5(第1冊：平裝). --
ISBN 978-957-10-9306-2(第2冊：平裝)

863.57　　109019025